FEB 2 6 2019

D1526554

«CUANDO CREES QUE CONOCES
TODAS LAS RESPUESTAS, LLEGA EL
UNIVERSO Y TE CAMBIA LAS
PREGUNTAS

## SOBRE SU AUTORA

Lorena Franco, (Barcelona, 1983), es actriz. Ha participado en populares series de Tv (El secreto de Puente Viejo, Gavilanes, Pelotas, Centro Médico... entre otras); programas, cine y publicidad a nivel nacional e internacional.

Compagina su carrera como actriz con su pasión por la literatura en la que ha destacado en Amazon convirtiéndose, con sus más de once títulos, en una de las escritoras más buscadas y mejor valoradas del momento.

Su novela **LA VIAJERA DEL TIEMPO** fue finalista del *Concurso Indie 2016* de Amazon, Bestseller en Fantasía y una de las novelas más vendidas de la plataforma en España, EEUU y México, siendo la nueva apuesta de la editorial de Amazon Publishing.

Con **SUCEDIÓ EN LA TOSCANA**, su última novela auto publicada en Amazon, Lorena Franco vuelve a sus orígenes románticos tras haber publicado Thriller y Fantasía. En la actualidad ha dado el salto editorial y ya la han calificado en España como «*La nueva reina del Domestic Noir*» gracias a su última novela: **ELLA LO SABE**, un thriller psicológico que crea adicción y cuyos derechos internacionales se han vendido a Italia y Polonia de la mano de importantes editoriales, entre otros países.

Facebook: lorenafranco.escritora
Instagram: @enafp
Twitter: @enafp
www.lorenafranco.net
http://lorenafranco.wordpress.com

6500070505O

# CAPÍTULO 1

## ALICE

A un escritor le puede llegar ese momento en el que le abandonan las musas. Esa terrible situación en la que tratas de buscar la inspiración frente a una fría pantalla de ordenador con una página en blanco y, sin embargo, a pesar de haber publicado dos novelas al año durante quince espléndidos años, las ideas parecen haberse esfumado como por arte de magia de tu anteriormente viva imaginación.

Son las siete de la mañana de un caluroso día de julio en Nueva York. Mi hija de quince años debe estar durmiendo; ayer le permití salir hasta las tantas de la noche y yo, aunque no pude pegar ojo hasta que escuché el ruido de la puerta de su dormitorio, estoy aquí: tumbada en el diván de mi estudio, mirando hacia el ordenador como si fuera mi peor enemigo; en zapatillas de andar por casa y en pijama. El cabello revuelto, los ojos hinchados y unas ojeras terribles fruto de no haber dormido bien a lo largo de este último año, en el que después de veintidós de relación, mi matrimonio ha terminado por culpa de una rubia de bote de veinticinco años.

No tengo absolutamente nada que ofrecerle a mi agente literaria.

Podría hablar de la historia de una mujer recién divorciada a sus cuarenta años, a la que le resulta casi imposible pensar en volver a enamorarse después de una relación absorbente y controladora, repleta de mentiras y falsas apariencias por miedo al qué dirán.

Podría hablar de la cita a ciegas que tengo esta noche con el hermano de la ya mencionada agente literaria.

O podría hablar del difícil carácter de una chica adolescente que odia a su madre, porque cree que fue la culpable de que *papá* se fuera a otra casa con otra mujer.

Quisiera no hablar de mí. Y quisiera no volver a engañar e ilusionar a mis lectoras con hombres perfectos que enamoran a una heroína *sabelotodo*, porque en el mundo real no existen.

Me encantaría no hablar de amor. Tampoco de esperanzas o de cuentos que se quedan en sueños. Lo que realmente quiero es una historia real, pero por mucho que le doy vueltas, mi cabeza está espesa y no logro encontrar la inspiración.

Pienso en Jack, mi ex marido. Oh, Dios... "ex marido". Qué mal suena. Cuánto duele aún, sobre todo cuando me lo imagino en Bali disfrutando con la rubia de bote de veinticinco años y olvidándose de que tiene una hija que aún lo adora y lo necesita. Hace meses que no le vemos, ni siquiera se ha interesado en saber cómo está Amy después de todo lo ocurrido. Siempre fue un ser humano frío y arrogante, pero nunca pensé que pudiera hacerle tanto daño a su propia hija.

Decido salir de mi estudio y dirigirme hasta la cocina a preparar café. Despejarme un poco, olvidarme de todo lo que duele. Absorta en el ruidito de la cafetera, observo por la ventana a la vecina del edificio de enfrente; se pasea como su madre la trajo al mundo por la cocina. Parece feliz. Me alegro por ella y la envidio. Quisiera, al menos, aparentar ser una mujer feliz y despreocupada. No solo aparentarlo, estoy cansada de aparentar. Serlo. Ser feliz, mostrarme despreocupada. O como dicen los jóvenes de hoy en día: «Paso de todo.»

Vuelvo a mi estudio con una gran taza de café en la mano y, aunque hace tres días prometí dejar de fumar, enciendo un cigarrillo. Como si las ideas vinieran a visitarme por el simple hecho de estar destrozando mis pulmones.

A las nueve y media de la mañana, tras diez cigarrillos y tres tazas de café, me rindo. Salgo de mi estudio sin tan siquiera media palabra escrita y decido ir a dar un paseo por las calles de Nueva York, no sin antes dejarle a "La Bella Durmiente", una nota en la que le digo que he salido y que vuelvo en una hora.

Pasear me despeja, aunque con este calor infernal, la ducha de quince minutos que me he dado, de poco me ha servido. Me acomodo en un banco de Central Park y observo. Observo a los niños jugar con barcos teledirigidos; a los ancianos cogidos de la mano o arrastrando sus piernas con un bastón; a las parejas que aún saben qué es la pasión en sus miradas; a madres histéricas y a otras más tranquilas y sonrientes, empujando un cochecito de bebé. Por un momento quisiera volver a la época en la que Amy era un bebé que se dejaba besar todo el tiempo. Esa época en la que yo escribía sin parar, publicaba con éxito y mi marido, que aún me parecía una buena persona, solo tenía ojos para mí. Claro que, por aquel entonces, yo era joven y atractiva y, aunque considere que con los años he ganado física y mentalmente hablando, puede que para hombres como Jack eso no sea suficiente o válido.

Esta noche tengo una cita a ciegas con el hermano de mi agente literaria y amiga, Cindy Hope. Hemos quedado en uno de sus restaurantes, situado a tan solo dos manzanas de donde yo vivo. He cotilleado por internet, puesto que el tal Hope es un hombre popular y además muy atractivo. Se llama Mark, es uno de los mejores chefs de la ciudad y también muy carismático. Tiene cinco restaurantes en Nueva York y dos en San Francisco y, por lo que me dijo Cindy, está a punto de abrir otro en Brooklyn. Todo un emprendedor soltero a sus cuarenta y tres años. «Algo malo debe tener», me digo a mí misma, con una risita nerviosa. Es la primera cita que tengo desde que me separé de Jack. Es la primera cita a ciegas después de veintidós años con el mismo hombre. «¿Cómo se hacía? Sí, me refiero a eso de ligar, coquetear, flirtear... ¿Cómo era? No podré... no podré hacerlo.» Desesperada, llamo a Cindy con la intención de cancelar lo que seguro que será una tragedia más en mi vida.

—Cindy, de verdad que me encantaría, pero creo que no es el momento de citas, ni de...

—Alice, escúchame atentamente. No vas a cancelar esa cita —me interrumpe—. Mi hermano es un tipo encantador, lo pasarás bien. Y es lo que necesitas para que vuelva esa inspiración a tu cabecita. Mañana a las diez ven a mi despacho, tenemos que hablar.

—Esto sí que no me lo esperaba —digo, temiéndole a ese tono de voz serio y amenazante—. ¿De qué quieres hablar?

—Del fin del mundo. —La oigo resoplar al otro lado de la línea telefónica—. ¿De qué va a ser? De tu novela. Dime que tienes algo, por favor... Aunque sean tres capítulos.

—Hablamos mañana.

—Eso es que no. ¡Ay, madre! —se lamenta dramáticamente—. Disfruta esta noche, Alice. Es una orden.

Cindy cuelga el teléfono y yo, mientras tanto, me entretengo con un barquito teledirigido que acaba de naufragar ante los lamentos y gritos de su pequeño propietario de cinco años.

## La cita

—¿Una cita? ¡Venga ya, mamá! No tienes edad para citas —ríe Amy, mirándome de arriba abajo, mientras decido si ponerme el vestido negro o el rojo ajustado.

—No, claro que no tengo edad para citas. A mis cuarenta años, ¿para qué tengo edad, Amy? ¿Para que me entierren?

—Mamá, no te lo tomes así... quiero decir que con cuarenta años...

—Déjalo, Amy. En serio, déjalo. ¿Negro o rojo?

—Negro.

—Vale, rojo.

Amy pone los ojos en blanco, suspira y sale de mi dormitorio con los brazos cruzados. La oigo recorrer el pasillo enérgicamente, bajar las escaleras y encender la televisión. Sé que preparará palomitas y que seguramente llamará a alguna amiga para ver cualquier comedia romántica de Sandra Bullock, con la excusa de que la *vieja de su madre* no está en casa.

Al maquillarme me siento ridícula. Decido usar tonos suaves y no disfrazar mi rostro en exceso. Compruebo que tengo alguna arruguita más y que mi cabello ya no es del color rubio dorado que en otras épocas conquistaba a los hombres. Hombres jóvenes, hombres que hoy en día, a pesar de sus canas y sus arrugas, siguen conquistando a mujeres que no piensan en la menopausia, porque aún les queda muy lejos en el tiempo.

Al enfundarme en el vestido rojo, me arrepiento inmediatamente de no haberle hecho caso a mi hija y haberme decantado por el negro, pero me niego a darle la razón. Así que, muy dignamente, salgo del dormitorio ya arreglada y miro de reojo a Amy, que está absorta en la televisión. Le digo un «adiós» casi susurrante y salgo rápidamente de casa para evitar enfrentarme a una mirada burlona y una risa que me atormente durante toda la cita.

De camino al restaurante, varios hombres me miran. Eso me incomoda y a la vez me hace sentir bien. Poderosa, atractiva y digna de miradas.

Al entrar en el local del hermano de Cindy, me quedo boquiabierta al ver la elegancia y el esplendor del lugar. Las mesas abarrotadas de gente, la barra, de la que destaca un color verde fosforito, llena de mujeres atractivas con vestidos más ajustados que el mío y hombres deseosos por invitarlas a una copa. Me acomodo en un taburete y le pido al camarero un *Bloody Mary*. Miro a mi alrededor, con la esperanza de que mi cita haya llegado a su propio local antes que yo, pero no me parece reconocerlo entre la multitud. Nunca lo he visto en persona, es posible que me esté observando desde la distancia y decida esperar o, lo que es peor, ¡no acercarse a mí! «¿Y si le parezco fea? ¿Horrenda? ¿Y si cree que soy una vieja ridícula con un vestido rojo no apto para su edad, tal y como me ha dicho mi hija?»

Justo en el momento en el que miro hacia la puerta, un tipo atractivo de espalda ancha y cuerpo atlético, entra iluminando el local con su amplia sonrisa de dientes alineados, blancos y perfectos. Reconozco en esos ojos rasgados de color avellana a mi agente Cindy Hope, y también al empresario de éxito que he visto en fotografías por internet. Es mi cita y no puedo creer que me haya gustado tanto sin apenas haber escuchado su voz. «¿Qué me está pasando?», me pregunto. Se supone que ese "flechazo" sucede cuando eres joven, no ahora a mis cuarenta años. No ahora que debería atraerme más una interesante conversación y un carácter afable que una simple fachada.

Mark Hope se acerca a la barra y, sin dirigirme la mirada, se acerca a una exuberante morena que hay a mi lado, enfundada en un discreto pero elegante vestido negro.

—¿Cómo estás, preciosa? —le pregunta, con una voz grabe y algo ronca.

La morena de ojos verdes parece confusa, pero le responde con una sonrisa encantadora, siguiéndole la corriente.

—Mi hermana no me había dicho que eras tan guapa.

La morena frunce el ceño. Es lógico, yo también lo hago y, aunque quiero interrumpirle y decepcionarle diciéndole que en realidad su cita soy yo y no la exuberante y jovencísima morena de ojos verdes y vestido negro, quiero seguir contemplando el espectáculo. A ver qué pasa. Siguen coqueteando con gestos y miradas, piden una copa y al cabo de unos minutos se me acerca una mujer de unos cincuenta años que me saluda con efusividad.

—¡No me lo puedo creer! ¡Alice Morgan! ¡Soy una gran admiradora de tus libros! ¡Oh, Dios, qué emocionante! ¡Verás cuando se lo diga a mi marido! ¿Me firmas un autógrafo? —pregunta, bajándose el escote de su camisa de lunares, dejándome totalmente descolocada y entendiendo cómo se siente Justin Bieber cada vez que una fan le hace algo así.

Mark se gira hacia mí descolocado, y me mira fijamente. La morena se encoge de hombros y entiende que el dueño del local se ha equivocado de cita y de mujer. Adiós a una copa gratis.

Me concentro en firmar el autógrafo en el escote de mi entusiasmada admiradora, sintiendo la mirada de Mark sobre mí; sonrío a la mujer y le agradezco su efusividad y seguimiento. Acto seguido, miro a Mark y me río.

—Tú... ¿Eres tú Alice Morgan? —pregunta Mark, con cierta decepción en su tono de voz tal y como ya esperaba y temía.

—Tu cita a ciegas de esta noche, pero en vista de lo entusiasmado que estabas con ella, mejor me voy. Tu hermana se ha equivocado completamente.

—Venga, ha sido una confusión.

Me levanto del taburete con la esperanza de que Mark me detenga, pero no lo hace. Mira con nerviosismo a un tipo bajito y regordete de unos cuarenta y muchos años; gafas de pasta y mostacho, que lo mira con seriedad.

Salgo discretamente del local casi al mismo tiempo que el tipo bajito y regordete que no ha permanecido en el restaurante ni un par de segundos, y es Mark quien me da un codazo para que me aparte y así poder enfrentarse cara a cara con el misterioso hombre.

Les oigo discutir, pero no me apetece lo más mínimo saber de qué hablan. Cansada de aparentar algo que no soy, camino torpemente con mis zapatos de tacón en dirección a casa. ¡Dios! Me siento tan ridícula. Espero que Amy se haya quedado dormida en el sofá y no vea lo patética que es *la vieja de su madre*.

# MARK

La gente me pregunta constantemente por qué no me he casado. Me lo preguntan también en muchas entrevistas y yo me limito a reír y a decir que el tiempo pasa volando, que el trabajo ha ocupado toda mi atención a lo largo de estos años. ¿Que si me he enamorado? ¡Venga ya! ¿Qué es eso?

Una vez. Solo una vez.

Mi familia tiene, desde hace muchos años, un enorme caserón en una colina, a veinte minutos caminando de Montepulciano, un pueblo perteneciente a la región de la Toscana. Cuando tenía quince años viví un romance de verano con una italiana preciosa de cabello negro y ojos del mismo color que el café. Me costó conquistarla; no era el único joven interesado en ella. Al volver a Nueva York nos escribimos cartas, nos llamamos por teléfono porque aún no existía *Skype* y al cabo de unos meses le perdí la pista. Aunque seguí yendo cada verano a nuestra casa de verano con mi familia, no volví a saber nada de Isabella. Por lo visto se había mudado con su familia a Florencia y habían vendido su casita de Montepulciano. Se me partió el corazón en dos, así que decidí no volver a ser aquel joven de quince años ingenuo y sensible con el corazón roto, y me convertí en el capullo que reconozco que soy ahora.

He estado con incontables mujeres de todo tipo, he abierto cinco restaurantes y, si todo va bien, en noviembre abriré el sexto en Brooklyn. Si todo va bien... Porque mi pesadilla personal se llama: John Logan. Es un crítico gastronómico de la ciudad; me odia, y desea verme muerto y enterrado profesionalmente hablando. Todo por un "pequeño" error con su lubina, que me puede costar mi buena fama en el país. Y de él depende que mi nuevo restaurante y los otros cinco que tengo abiertos desde hace años, sigan funcionando como hasta ahora.

—Necesitas desconectar, Mark —me dijo mi hermana Cindy, una noche en la que vino a cenar a casa.

Ella, al igual que yo, tampoco se ha casado. También es una idiota integral, pero con su propio estilo. En vez de tirarse a un tío una noche y hacer como si nada al día siguiente, lo hace durante tres o cuatro días y después: Adiós. También se ha centrado demasiado en su trabajo como agente literaria, es su vida y su pasión y, a sus treinta y ocho primaveras, francamente, no la veo con marido e hijos como han hecho todas sus amigas del instituto. Es fría y calculadora en exceso, con más motivación por mis relaciones sentimentales, que por las suyas propias.

—Te voy a organizar una cita —propuso, mirando su agenda.

—No, otra más no. Me niego.

—Venga, sí. Esta es especial. Con Alice Morgan, ¿la conoces?

—¿De qué me iba a sonar?

—Es una famosa escritora de novelas románticas, Mark.

—Solo leo ciencia ficción.

—Ya... Pues es una preciosidad y se ha separado hace un año.

—¿Cuántos años tiene?

—Creo que cuarenta.

—No.

—¿Qué pasaría si te dijera que tiene treinta?

—Que aceptaría.

—Entonces tiene treinta —mintió.

—Demasiado tarde. No —insistí.

—Mark, por favor. Quiero tenerla contenta... aunque sea solo una noche.

—¿Por qué?

—Porque necesito que encuentre la inspiración para su próxima novela. La pobre, desde su divorcio, no ha podido escribir ni una sola página.

—¿En eso se inspiran las escritoras de novelas románticas? ¿En los hombres? ¿En sus relaciones? Qué lástima. —Negué con la cabeza y suspiré.

—Pues no lo sé... sí, supongo Mark. No sé. ¡Por favor! —exclamó Cindy con desesperación. Siempre me ha encantado sacarla de quicio, es cuando más divertida se pone. Bueno, cuando la saco de quicio y cuando se pone hasta arriba de *cocktails*—. Una cita, mañana —suplicó—. A las siete en tu restaurante de la Quinta Avenida, ese tan elegante, el que tiene la barra de color verde fosforito que sabes que detesto.

—Ajá... —asentí, a punto de decirle otra vez que me negaba rotundamente.

—Además de ser su agente soy su amiga. Es una mujer muy especial. Inteligente, atractiva, agradable... ¡Lo pasarás bien! Tú también necesitas desconectar.

—He dicho que no. Aún recuerdo a... ¿cómo se llamaba? La de las cejas sin depilar a lo Frida Kahlo. Dios, qué espanto.

—¿Mary? Pero si es encantadora.

—El significado que le das tú a encantadora no es el mismo que le doy yo. ¿Qué quieres cenar? ¿Pedimos unas pizzas?

—Menudo chef estás hecho. ¿Ves? Tú también necesitas inspiración.

Resoplé y, finalmente, acepté a tener una cita a ciegas con la tal Alice Morgan, escritora de novelas románticas.

—Si fuera escritora de novelas de ciencia ficción, tal vez tendría algo de qué hablar con ella.

—Idiota —rio mi hermana.

*La cita*

**H**oy es el día de la cita y casi se me olvida por culpa del imbécil de John Logan, el crítico gastronómico al que le han debido ignorar toda su vida. Si no, no me explico por qué tiene un carácter tan amargado y retorcido.

No me cuesta elegir ropa para la ocasión. Unos tejanos y una camisa de color azul oscuro me parece una buena opción.

Afeito mi barba estratégicamente, haciéndola parecer un poco descuidada, y me aplico unas gotas del perfume masculino que, según los spots publicitarios, nunca falla.

Listo en pocos minutos, aunque con algo de retraso, entro por la puerta de mi restaurante con el orgullo y la satisfacción de verlo repleto de gente. Es un viernes por la noche del mes estival de julio, algo normal que a la gente le guste salir más que en invierno. Aun así, estoy contento. Los otros restaurantes por los que he pasado no estaban ni la mitad de llenos que el mío. Miro hacia la barra, la tal Alice debe estar esperándome. Y debo haber tenido suerte... Contemplo a una morena espectacular de ojos verdes y un ceñido, pero a la vez elegante vestido negro, sentada en la barra del bar. Parece esperar a alguien mientras contempla su perfecta manicura de uñas rojas y le da un sorbo a su copa de vino tinto. Me muerdo el labio inferior, le sonrío y me acerco a ella insinuante.

—¿Cómo estás, preciosa? —le pregunto, evitando en todo momento dirigir mi mirada a su provocativo escote. «Para tener cuarenta años se conserva muy bien», pienso, mirándola a los ojos.

La tal Alice me sonríe pícaramente, pero no contesta. Parece algo tímida.

—Mi hermana no me había dicho que eras tan guapa.

Frunce el ceño, parece extrañarle mi comentario. No le doy más importancia y pido otra copa de vino tinto para mí. Siempre me han gustado las mujeres que beben vino. Sigo mirándola, ella también lo hace y, aunque me resulta una situación algo extraña, porque la tal Alice aún no ha dicho palabra, por primera vez en mi vida quiero darle un abrazo a mi hermana por haberme organizado una cita a ciegas como Dios manda. Aún no le he visto el trasero a la escritora de novelas románticas, pero después de ver todos sus atributos... mmm... estoy deseando llevármela a la cama.

—¡No me lo puedo creer! ¡Alice Morgan! ¡Soy una gran admiradora de tus libros! ¡Oh, Dios, qué emocionante! ¡Verás cuando se lo diga a mi marido! ¿Me firmas un autógrafo?

La voz desagradable y chillona de una mujer interrumpe mis pensamientos y me desconcierta al comprobar que, efectivamente, no podía tener tanta suerte. La morena no es Alice Morgan. Alice Morgan está sentada a su lado y se le nota que tiene cuarenta años. Va enfundada en un llamativo vestido rojo que le sienta espectacular a su delgada silueta pero que, para nada, opino que resulte adecuado para su edad. Es rubia, tiene los ojos azules y unos labios bastante deseables. ¿Operados, quizá? Aun así, las arrugas en las comisuras de sus labios y en sus ojos, me indican que es una mujer con un largo bagaje a sus espaldas. Y, sinceramente, me gusta lo fácil. Lo sencillo. La verdadera Alice Morgan no debe ser fácil, no una mujer de una noche. Eso no es lo que quiero en estos momentos. Es lo que he evitado durante toda mi vida desde aquel verano en la Toscana con Isabella.

Algo incómoda como es normal, Alice termina de firmar su autógrafo en el escote de la mujer, le sonríe forzosamente y, a continuación, me dirige una mirada fría que me indica que ha estado observando mi coqueteo con mi "no-cita". ¡Qué bochorno! ¿Qué le diré a Cindy? Me va a matar.

—Tú... ¿Eres tú Alice Morgan? —le pregunto, decepcionado por mi confusión.

—Tu cita a ciegas de esta noche, pero en vista de lo entusiasmado que estabas con ella, mejor me voy. Tu hermana se ha equivocado completamente. —Compruebo, por su tono de voz, que no quiere

26

parecer disgustada. Pero lo está. Claro que está disgustada por haberse topado con un capullo como yo.

—Venga, ha sido una confusión —intento arreglar, más que nada para no llevarme una reprimenda de mi hermana.

Pero cuando Alice se levanta y se dirige lentamente hacia la salida, veo al enemigo entrar por la puerta. Se me olvida Cindy, se me olvida Alice y se me olvidan todas las horribles citas que haya podido tener en el pasado y que, posiblemente, me esperan en el futuro. Ese futuro que un maldito crítico gastronómico llamado John Logan, quiere destrozar.

John me mira con seriedad. Su mirada de ojos pequeños que solo destacan por sus gruesas gafas de pasta, son fríos como un témpano de hielo y me quieren decir, sin necesidad de palabras, que mi carrera está acabada. Con un gesto me indica que salgamos fuera y, como es obvio, espero una bochornosa discusión en defensa de mi carrera profesional y mi buena fama como chef.

—John, entiende que solo fue un error. Se quemó un poco la lubina, vale, ¿y qué? ¿No podrías hacer la vista gorda?

No, claro que no. John se ríe. Ningún crítico gastronómico que se precie haría algo así, y menos por un tipo al que envidia y odia.

—John, le puede pasar a cualquiera —insisto—. Si escribes esa crítica arruinarás mi carrera, ¿lo entiendes? ¿Sabes cuánto cuesta que te valoren en este país? ¿Sabes cuántos sacrificios he tenido que hacer para llegar a ser el mejor? Pueden quitar estrellas a mis restaurantes, puede irse al traste la apertura del local de Brooklyn —digo con desesperación.

—Querido Mark Hope —dice al fin, negando con la cabeza y sonriendo—, no es mi problema. No solo fue la lubina. También el servicio, lo pésima que era tu camarera y el desmadre que había en el local. Por no hablar de la suciedad del cuarto de baño.

—Eso no puede ser cierto.

—Mark, ¿cada cuánto visitas tus restaurantes?

—Cada día.

—¿El de San Francisco también lo tienes controlado?

—Voy tres veces al mes.

Hace un chasquido, un ruido raro que acaba por desquiciarme y pierdo los papeles. Le grito ante la atenta mirada de los transeúntes, hablo de lo mala persona que es sin conocerle realmente, y de lo pésimo que es en su trabajo. Hasta de lo dura que tuvo que ser su infancia. John no contesta, se limita a reír, a cruzarse de brazos y largarse.

La he cagado.

Al día siguiente, cinco de los periódicos más importantes de la ciudad de Nueva York, tendrán una crítica pésima del prestigioso crítico gastronómico John Logan, sobre mis restaurantes y sobre mi persona. Mi buena fama como chef se irá al traste y lo único que querré será que me trague la tierra y me escupa al único lugar en el que logro encontrar un poco de paz.

# CAPÍTULO 2

## ALICE

**M**alhumorada y cansada, tras una cita que no ha llegado a ser ni siquiera eso, me levanto al día siguiente de la cama, haciendo un gran esfuerzo por no toparme con mi hija. Por la noche, tal y como esperaba, la encontré dormida en el sofá, así que pude evitar la pregunta: «¿Qué haces tan pronto en casa, mamá?» Me ahorré dar explicaciones y pasar por el bochornoso comentario de: «Ya te lo dije. No tienes edad para tener citas y mucho menos para llevar ese vestido rojo.» ¡Dios! ¡Ni que fuera mi madre!

Al bajar a la cocina, me encuentro a Amy intentando hacer tortitas. Siempre le ha gustado cocinar, pero me lo deja todo hecho un desastre y, a la pobre, aún no le acaba de salir del todo bien.

—¿Tortitas? —pregunta, con una amplia sonrisa.

—No, solo café.

Preferiría comer veneno para ratas antes que esas tortitas que no huelen precisamente cómo deberían oler unas tortitas.

—¿Qué tal anoche, juerguista? —ríe—. ¿A qué hora llegaste?

Me encojo de hombros evitando la respuesta y le doy el primer sorbo a mi café. Me sabe a gloria y empiezo a animarme.

—A las diez tengo una reunión con Cindy —digo, mirando el reloj—. ¿Qué vas a hacer hoy?

Amy está disfrutando de lo lindo de sus vacaciones estivales. Las primeras sin su padre, que no le ha ofrecido ir a Bali con él y su nueva novia. Sabe que, siempre y cuando sepa dónde y con quién está, le dejo libertad. Confío en ella, siempre ha sido una chica muy madura para su edad. Sale con amigas, imagino que con algún chico... ¿Quién no lo ha hecho con quince años?

—He quedado con Matt.

—¿Matt? ¿Quién es Matt?

—¿Vas a pedirme también la dirección de su casa? ¿El teléfono de sus padres y su correo electrónico? ¿Su perfil de Facebook, Twitter e Instagram?

—No, cielo. Solo quiero saber quién es. Solo eso.

—Un amigo.

Se vuelve a dar la vuelta hacia las tortitas y, con solo ver su nuca despejada, sé que tiene una amplia sonrisa en su bonito y joven rostro.

—Pues me voy. ¡Qué te vaya bien con Matt!

Le guiño un ojo y al salir de casa, sé que he querido ir de *madre moderna* y que, tal vez, me arrepienta de ese *postureo* durante un largo tiempo. El tal Matt le romperá el corazón. Mi hija tiene edad para que le rompan el corazón pero, como madre, me dolerá estar ahí secando sus lágrimas cuando llegue el momento.

Mientras voy de camino a la agencia, recuerdo a mi primer amor. Amy cree que fue Jack, su padre, con quien empecé a salir cuando era una ingenua estudiante de filología en la Universidad. Pero no, no fue Jack. Mi primer amor lo guardo en secreto, solo para mí y es probable que así sea hasta que me muera. Siempre he tenido la "mala costumbre", por así decirlo, de guardar todo lo hermoso de mi vida con recelo para mí misma. De esta forma, me parece conservar aún la belleza de un pasado que no quiero olvidar.

Se llamaba Thomas, vivía en San Francisco y lo conocí un verano en el que a mi padre le dio por ser un aventurero con caravana y hacer excursiones por las montañas de todo el país. Todo sucedió en un camping de Colorado, cuando yo tenía dieciséis años y Thomas diecisiete. Era un chico alto y fuerte de cabello castaño y ojos grandes de color azul como el cielo. Recuerdo cada una de las pecas sobre su piel bronceada y sus labios con sabor a chocolate. Nuestros padres se hicieron amigos casi al momento y nos esperaba lo que sería la mejor semana de aquel verano. Congeniamos bien desde el principio y la primera noche contemplamos, tumbados sobre el campo, las estrellas. Thomas me contó que le gustaba ver las estrellas desde su habitación con un telescopio que le habían regalado sus padres por Navidad hacía cinco años. Cuando llegó el momento de ir a dormir, acarició mi brazo, me miró dulcemente y me dio el beso más increíble que me han dado jamás. Mi primer beso. Dejé de envidiar a todas mis amigas del instituto, mucho más adelantadas que yo, por haber perdido la virginidad con trece años. Thomas me sonrió. Se le marcaron unos espectaculares hoyuelos en las mejillas y me propuso ser su novia esa semana. «¡Qué locura!», pensé yo, sabiendo que cuando él volviera a San Francisco y yo a Nueva York, posiblemente no volvería a verlo nunca. Pero sí, nos hicimos oficialmente "novios de una semana", perdí mi virginidad con él, lo amé con todo mi ser adolescente y, después, me rompió el corazón al dejar de escribirme cartas a los tres meses de separarnos. Lloré como nunca antes había llorado. No he llorado así, ni siquiera cuando Jack me confesó que tenía una joven amante y que lo mejor era que nos divorciáramos. Sin embargo, intento ver el lado positivo de las cosas y debo decir que Thomas, desde siempre y esté donde esté, me ha servido de inspiración en todas y cada una de mis novelas románticas. Lo imagino ahora con cuarenta y un años, casado y, quizá, con cinco hijos. O tres. A lo mejor solo la parejita. No quisiera pensar que se ha convertido en un atractivo abogado de éxito como quería; prefiero retenerlo en mi memoria como aquel chiquillo que me robó el corazón y que ahora es gordo, calvo, canoso y con necesidad de unas gafas gruesas para tener una buena visión. Así duele menos. Imaginarlo condenadamente irresistible y feliz me mata por dentro.

Mientras espero a que sean las diez menos cuarto para subir a la agencia y encontrarme con Cindy, se me ocurre cotillear un poco en las redes sociales de mi hija. Entro en la cafetería de al lado de la agencia, pido un café con leche y entro en el Facebook de Amy. Busco entre sus amigos a Matt, solo tiene uno. ¡Bingo! Debe ser ese. Qué fácil. Su perfil está bastante protegido, por lo que solo puedo ver la fotografía de su perfil. Saboreo el café mientras observo unos ojos vivaces y brillantes de color verde por lo que puedo distinguir en la fotografía de tamaño reducido. Su cabello es negro como el azabache, le cae un divertido mechón sobre la frente y, aunque debe tener la edad de Amy, compruebo que ya ha empezado a afeitarse los cuatro pelos de la barba. Es un chico guapo y parece agradable, al menos eso muestra en su fotografía de perfil en

Facebook, con una amplia y divertida sonrisa. ¿Pero quién dice la verdad en Facebook? ¿Quién reconoce que es un capullo en las redes sociales? Nadie. Mi hija podría estar en peligro.

*La Propuesta de Cindy*

**E**xpectante, lo primero que quiere saber Cindy es cómo me fue la cita a ciegas con su hermano.

—Muy atractivo —empiezo a decir—. Pero no hubo cita.

Le cuento la confusión de Mark con la morena que estaba sentada a mi lado, la aparición del tipo bajito y regordete con gafas de pasta y mostacho, y la poca atención que recibí de él. Un fracaso absoluto. Una no-cita que terminó antes incluso de empezar.

—Mark es idiota. No sabes cuánto lo siento, Alice. ¡Tendríais que haberlo pasado bien!

—Sí, bueno... no me organices más citas, Cindy. Dedícate a ser agente literaria y no Cupido. No se te da nada bien. Además, no lo necesito, estoy bien como estoy.

Mentira.

—¿Cómo va la nueva novela?

—¿Qué nueva novela?

Decido hacerme la tonta, aunque sé que eso no funciona con Cindy.

—¿No hay nueva novela? —pregunta Cindy con desesperación.

Oh, mierda. Conozco esa mirada. La conozco muy bien. Hace años que trabajo con Cindy, le apasiona su trabajo pero, lo que le apasiona de verdad, es un escritor con motivación, ideas y cientos de páginas escritas. Y yo no estoy en ese momento de mi vida.

Niego tristemente con la cabeza.

—¿Qué te pasa, Alice? Esto es serio, muy serio. Durante años has publicado dos novelas al año. Best Sellers románticos. ¿Y ahora? Siento decirte que si en septiembre no me traes esa novela, deberemos romper el contrato editorial.

Me dejo caer en el sofá, frunzo el ceño y me llevo las manos a la cara. No voy a llorar, eso sería demasiado fácil. Me gustaría gritar, pero no es el lugar más idóneo. Cindy se acerca a mí y posa su mano sobre mi hombro a modo de consuelo. No la miro, pero sé que está negando con la cabeza y suspirando. Siempre lo hace.

—Alice, no solo eres mi escritora preferida, también eres mi amiga.

—Tú y yo sabemos que la amistad no sirve de nada con estos malditos, fríos y calculadores contratos editoriales.

—Órdenes de arriba, Alice. Pero te quiero ayudar.

—¿Vas a escribir una novela por mí? —pregunto riendo.

—No. Algo mucho mejor.

Se levanta, se dirige de nuevo hasta su escritorio, se agacha para abrir un cajón y saca triunfal unas antiguas y enormes llaves.

—¿Qué es eso? —pregunto.

—Las llaves del paraíso. Hace tiempo te comenté que de pequeña veraneaba en una preciosa casa de campo familiar en una colina de Montepulciano, en la región de la Toscana, ¿recuerdas? —Asiento confundida—. Ya no va nadie, así que es toda tuya hasta que Amy empiece el instituto. Es un lugar precioso y si un hombre como el capullo de mi hermano no te da la inspiración necesaria para escribir un nuevo Best Seller romántico, esta casa y la Toscana lo conseguirán. Confía en mí.

—¡Estás loca! ¿Cómo voy a irme a la Toscana? A una casa que no conozco... No, claro que no.

—Ten.

—No.

—Ten las llaves. Cógelas y vete lejos de aquí. Sal del apartamento que te recuerda a tu matrimonio fallido con el idiota de Jack y respira nuevos aires. Venga, te irá bien.

—He dicho que no.

Cindy deja las llaves sobre mis rodillas. Las miro durante un instante y las cojo con la intención de devolvérselas.

—Son tuyas —insiste—. Vete a la Toscana, es un sitio maravilloso y tendréis una preciosa casa para tu hija y para ti solas. ¡Y tiene piscina!

—Pero...

—No hay *peros* que valgan, Alice. Y no acepto un no como respuesta. Ojalá pudiera ir yo también y abandonar el calor infernal de Nueva York en julio, pero tengo mucho trabajo.

Sonrío con las llaves en la mano. Nadie puede decirle que no a Cindy. Y, aunque me parezca una locura, mi hija y yo nos vamos a lo que parece ser un rinconcito de ensueño de la Toscana.

# CAPÍTULO 3

## ALICE

*En un rincón de la Toscana*

Si no fuera por los lamentos y las quejas de Amy, seguramente disfrutaría del hermoso paisaje que se cierne ante mí. Metidas en un taxi, con el maletero hasta los topes de equipaje, recorremos las estrechas calles empedradas de Montepulciano, para desviarnos por el camino y adentrarnos en campos floridos, frondosos árboles resplandecientes con la luz del sol y un cielo azul precioso que nos da la bienvenida.

Cruzamos viñedos y subimos una colina desde la que puedo ver una señorial casa de piedra que en otros tiempos, seguramente, bien podría haber sido la de un marqués italiano.

—Es aquí —dice el taxista, con un marcado acento italiano.

—Muchas gracias. ¿Cómo se dice gracias en italiano? —le pregunto a mi hija. Ni siquiera se digna en responder.

Le pago al taxista el trayecto desde el aeropuerto, intentando aclararme con los euros para que no me time; recojo mi equipaje con ayuda de Amy y contemplo la fachada de la casa que nos recibe algo fría y ausente. Como si en años nadie hubiera entrado en ella. Mientras el taxi se aleja, reparo en que la puerta grande y de madera, debe estar entre esos muros desde tiempos inmemorables. Compruebo que el cerrojo es tan grande como las llaves que tengo en mis manos. Es una casa de dos plantas y pequeñas ventanas de madera blanca. La piedra, aunque oscura, se ha conservado bien con el paso del tiempo. A nuestro alrededor vemos viñedos, montañas y un césped verde que invita a contemplar las estrellas por la noche. Recuerdo, por un segundo, mi verano cn Colorado y ese primer amor.

Tengo curiosidad por adentrarme en el jardín, donde se encuentra la piscina de la que tan efusivamente me habló Cindy y que, con este calor de la Toscana, es lo que más me apetece. ¡Darme un chapuzón!

—¿Entramos? —le pregunto a Amy, que sigue con cara de pocos amigos.

—¡No hay cobertura! ¡No hay nada! Ni Wifi, ni... ¡Maldita sea!

Camina lentamente alzando su teléfono móvil para ver si puede conectarse. Pero no tiene éxito, y le da por patalear y emitir grititos. Suspiro y pongo los ojos en blanco armándome de paciencia. Maldita adolescencia.

—Mira el lado bueno de las cosas, Amy. Es un lugar maravilloso.

Al introducir la llave en el cerrojo, compruebo que, con solo una vuelta, ya estoy en el interior de un gran vestíbulo con suelos de madera y unas amplias escaleras frente a mí. Como si alguien ya hubiera abierto esa puerta. «Qué extraño», me digo a mí misma, sin darle demasiada importancia.

—Debe andar por aquí el hombre que cuida la casa. Cindy me dijo que viene a menudo para conservar bien el jardín, la piscina y esas cosas —le cuento a mi hija.

—Me importa una mierda, mamá. No hay cobertura. No puedo mandar ni un triste whatsapp.

La ignoro. A mi derecha, encuentro una enorme cocina remodelada y moderna con barra americana y, a la izquierda, un confortable salón con chimenea y sofás color beige situados estratégicamente frente a un televisor de plasma y una estantería repleta de libros. Dejamos las maletas frente a las escaleras; al lado vemos que hay un pasillo con un par de puertas. Abro una y veo que es un estudio maravilloso con vistas al jardín y en la otra, hay un cuarto de baño pequeño.

Dejo a un lado mi curiosidad por la casa al escuchar un ruido procedente de la piscina que puedo ver desde la puerta acristalada del pasillo. Alguien se ha tirado en bomba al agua desde el trampolín y, al reparar un poco más en el físico de la persona en cuestión, me doy cuenta de quién es. Y maldigo a Cindy y a su estúpida idea de enviarme a la Toscana a encontrar mi ansiada y desaparecida inspiración.

# MARK

*Un encuentro desagradable*

**C**orriendo hacia mí como alma que lleva el Diablo, veo desde la piscina a la chiflada que escribe novelas románticas. Me mira interrogante y confundida.

—¿Qué haces aquí? —me pregunta.

Detrás de ella, una adolescente de piernas largas, delgaducha y tan rubia como su madre, la sigue con un teléfono móvil en la mano, intentando encontrar una cobertura que sé, por experiencia, que es inexistente en la mayor parte de la casa.

—¿Qué hago aquí? —me río, saliendo de la piscina—. ¡Es mi casa! ¿Qué haces tú aquí?

—Cindy me dejó las llaves —responde, enseñándome la copia de las llaves de Cindy—, me invitó a la que también es su casa —aclara, recalcando el «también»—, prometiéndome que no habría nadie.

Cindy, claro... Cómo no. Siempre es Cindy.

La escritora tose disimuladamente, sabiendo que llevo razón, que está en mi propiedad y que es ella quien debería irse de aquí. Con el ceño fruncido, coge su teléfono móvil intentando, al igual que la adolescente, encontrar algo de cobertura sin éxito. Me adelanto y voy hasta el único lugar en el que sé que se puede realizar una llamada digna: bajo el sauce llorón del jardín. Selecciono el número de teléfono de Cindy, que sé que ha organizado a propósito este encuentro y, nada más contestar, me dice que espere un segundo. Resoplo y miro fijamente a la escritora, de la que no recuerdo su nombre, pero sí aquel vestido rojo ajustado con el que vino a nuestra brevísima cita.

—Cindy, deja lo que estés haciendo, maldita sea. La llamada me va a salir por un ojo de la cara —la amenazo.

—¿Qué quieres, Mark? Estoy en una reunión —susurra.

—Tengo aquí en casa a tu amiga americana, la escritora. ¿Por qué le has dado las llaves?

—¿Cómo? ¿Estás en la Toscana?

—¿Tú qué crees?

Una carcajada se oye al otro lado de la línea telefónica.

—Oh, vaya... no os quedará otro remedio que compartir casa estival —sugiere, sin parar de reír.

—No me hace gracia, Cindy. Dile a tu amiga que se vaya inmediatamente de aquí o...

—¿O qué, Mark? Mira, esa casa es tan tuya como mía y Alice y su hija mis invitadas. La casa es lo suficientemente grande como para que estéis los tres en ella, sin necesidad de veros las caras cada día. Por cierto, ¿qué haces ahí?

—¿Leíste las críticas?

—Me temo que sí.

—Relajarme un poco, joder. Has arruinado mis planes.

—Pues sigue relajándote, pero en compañía. Verás lo agradable que es Alice, verás que...

Cuelgo el teléfono dejando a mi hermana con la palabra en la boca y miro con rabia a las nuevas habitantes de la casa.

Me acerco a ellas secándome con una toalla y las señalo con el dedo.

—Podéis quedaros. Pero con una condición. Dejadme en paz.

Me alejo de Alice y de su hija, y me adentro en la cocina. Antes de darme un chapuzón, había intentado crear una nueva receta, algo que hiciera revivir mi cocina. Reinventarme, ser original, innovador... recibir una maldita buena crítica. Tal y como esperaba, mis negocios se vieron resentidos por las duras palabras de John Logan y, aunque estoy hecho polvo, seguiré luchando en lo que creo hasta el final.

—¿Por qué eres tan desagradable?

Alice apoya las manos en el mármol de la barra americana de la cocina.

—Me vas a ensuciar la encimera —la ataco, mirando la masa harinosa del bol.

—Mira, solo quiero pasar unas vacaciones agradables con mi hija y escribir. Si quieres nos vamos a un hotel, pero...

—Mientras no entres en la cocina —la interrumpo secamente—, os podéis quedar aquí.

«No quiero morir asesinado por mi hermana.»

—¿No voy a poder comer? ¿Ni siquiera tomarme un café? ¿Te das cuenta de lo ridículo que suena eso?

Me enfrento a su mirada de ojos azules, y puedo ver la misma pena y decepción por la vida en ella, que tengo yo. Un momento de debilidad, le puede pasar a cualquiera.

—¿Quieres que me vaya? —pregunto, algo más relajado. Quizá me he pasado y solo he dicho estupideces debido a lo inesperado de la situación.

—Es tu casa —responde de inmediato—. Lo justo sería que mi hija y yo nos fuéramos —dice resignada.

—Pero aquí podrías escribir tu próxima novela romántica, ¿verdad? Es un lugar especial. Y yo encontrar un poco de inspiración para un nuevo plato que dé la vuelta al mundo y vuelva a añadirme en la lista de los mejores y más originales chefs de Estados Unidos.

—¿Qué te ha pasado?

—Déjalo... El despacho es un buen sitio para escribir, supongo.

—Prometemos no molestarte mucho —dice sonriendo. Esa sonrisa me gana. Al menos un poco.

—¿Eres chef? —interrumpe su hija.

—Mark Hope.

—¿Mark Hope? ¡Yo te he visto en la tele! —exclama la adolescente entusiasmada, acercándose a mí—. ¿Qué preparas? —quiere saber, dándome un codazo y metiendo las narices en el bol.

—Pues... —Miro a Alice, que arquea las cejas mirando sorprendida a su hija—. Bueno, es una masa para ponerle algo encima que... Mira, no tengo ni la más remota idea de qué demonios estoy intentando hacer.

—Me llamo Amy. Si quieres puedo ayudarte. Soy buena en la cocina, ¿verdad, mamá?

—No voy a contestar a eso. ¿Dónde podemos dormir, Mark?

Esto no puede estar pasando. No puedo tener a dos desconocidas en mi casa. A una adolescente chiflada hurgando en mi cocina.

Resoplo y señalo las escaleras que se ven desde la barra americana de la cocina.

—Hay dos puertas frente a las escaleras que conducen a dos dormitorios. Las vistas son increíbles, allí estaréis bien —contesto, resignado a tenerlas en casa conmigo.

Alice se aleja en dirección a sus maletas situadas frente a las escaleras. Las coge y sube al piso de arriba en silencio, mientras Amy sigue metiendo las narices en mis asuntos. No me atrevo a meterme con una adolescente, eso es demasiado para mí.

—¿Y qué se te da bien? —le pregunto, con la intención de romper el hielo o de que se aburra y la pierda de vista.

—Sé hacer unas tortitas riquísimas.

—Ya. Tortitas.

—Ajá.

—Muy saludable.

—¿Preparo unas?

—¿A las cuatro de la tarde?

—Cualquier hora es buena para unas tortitas.

Intento calmar mis nervios cuando veo a la adolescente abrir armarios y cajones, en busca y captura de todo lo necesario para preparar tortitas. Empiezo a morderme las uñas. Una adolescente con las hormonas desquiciadas curioseando mi cocina y queriendo cocinar en ¡MIS FOGONES! La miro entre aturdido, divertido y furioso; me resigno a sentarme en un taburete a contemplar las artes culinarias de Amy, después de haber tirado la masa inútil del bol con la que no sabía qué hacer.

# ALICE

**D**esagradable, mezquino, arrogante, capullo, idiota... no tengo más adjetivos para clasificar al hermano de Cindy, a la que he intentado enviar un mensaje que leerá cuando yo logre conseguir cobertura en algún lugar. ¿Ha sido ella la que ha preparado todo esto? ¿Este "casual" encuentro? Maldita sea, ¡me prometió que no habría nadie en esta casa!

Deshago las maletas y al sacar el portátil siento frente a mí al enemigo. Como si al abrirlo fuera a explotar una bomba o algo así. Tengo un mes para escribir una novela romántica y presentarla en septiembre cuando vuelva a Nueva York. O enviársela sobre la marcha a Cindy, para que no se ponga nerviosa y vea que estoy trabajando y avanzando en algo medianamente bueno.

Julio está a punto de terminar, llegará agosto; estaré aquí, en esta casa desconocida junto a un arrogante chef al que parece no entusiasmarle mi presencia y debo escribir. Para eso estoy en Italia, tan lejos de Nueva York. Para enfrentarme a mis miedos, ahogar en un lago ficticio mi desastroso y fallido matrimonio y volver a recordar qué era la inspiración. Ese momento mágico en el que lograr unir unas bonitas palabras francas y melodiosas que conquisten al mundo entero, en especial a todas aquellas lectoras que esperan con ansias mi próxima historia. Por ellas. Por mí. Por el contrato editorial. Por seguir hacia delante y no perder mi identidad.

Mark tiene razón. En este dormitorio con paredes de papel floreadas y una amplia cama con dosel con una colcha muy femenina, estaré bien. Las vistas desde las dos ventanas son maravillosas; se respira aire puro y paz. La paz que necesito. Junto a la ventana, hay una mesa de madera de pino blanca, sobre la que coloco el portátil. Estratégicamente situada frente a la ventana que da a las montañas y a unos viñedos, enciendo el ordenador. Al abrir la página en blanco y escribir "Capítulo 1", me quedo en blanco para no perder la costumbre. Vuelvo a maldecir mi mala suerte.

Dejo que los minutos pasen, colocando mi ropa en el armario. Decido darme una ducha en el cuarto de baño que hay al lado de lo que será el dormitorio de Amy y, al salir, oigo risas procedentes de la cocina. Me pongo unos tejanos, una camiseta de algodón color púrpura y unas cómodas sandalias marrones. Son las cinco de la tarde y decido ir a dar un paseo, a ver hasta dónde llego. A ver si respirar estos nuevos aires, tan diferentes a la ciudad de Nueva York, me permiten pasar la noche en vela escribiendo. Creando. Enamorando a unos personajes que sé que existen en algún lugar recóndito de mi imaginación.

Antes de abrir la puerta, miro hacia la cocina. Veo a Mark divertirse con Amy, que le enseña, con toda su gracia, a darle la vuelta a unas tortitas. «No dejes que el aspecto de esas tortitas te engañen, Mark... A veces el exterior no es lo más importante», le digo mentalmente. Que compruebe por él mismo lo malísimas que están. Que se aguante. Que pille una indigestión. Por desagradable, mezquino, arrogante, capullo, idiota y... «¡Qué abdominales!», me sorprendo a mí misma pensando, después de haberlo visto en la piscina en bañador. Y, me repito a mí misma, que el exterior no es lo verdaderamente importante cuando la realidad puede ser otra muy distinta. De nada sirve tener una espalda ancha, unos brazos fuertes y unos abdominales marcados, si por dentro estás podrido. Tampoco llama la atención una mirada de esas que se clavan con fuerza en lo más hondo de tu alma si, en el fondo, la sonrisa que te muestran no es real. Esa sonrisa... tan perfecta que darías la vida por comprobar cómo saben sus besos. Unos besos que, por otro lado, son solo fachada y que, seguramente, están cargados de mentiras que ya han roto innumerables corazones de mujeres que quisieron creer que ellas sí podrían cambiar a lo que comúnmente llamamos: *un capullo integral*.

52

# CAPÍTULO 4

## ALICE

"Hay personas con las que puedes
sentarte en un bordillo
y ser la persona más feliz del mundo.
No es dónde, siempre es con quién".

**A**unque pudiera parecérmelo en un principio, la casa situada en la colina no está demasiado lejos del centro de Montepulciano. El centro del pueblo se encuentra a tan solo veinte minutos andando por los senderos de tierra, y es una gozada poder contemplar los viñedos típicos de la región y los campos floridos en los que me fijé cuando llegué a la casa estival de los Hope.

El pueblo, de casi catorce mil habitantes, rebosa magia y vida. Se respira historia en cada rincón; en cada fachada amarillenta o de piedra; en cada gárgola incrustada y en cada ventana desde la que muchos ancianos ven la vida pasar desde el interior de sus hogares. Me recuerdan a mi padre, encerrado en su propio mundo desde que mamá murió.

Me adentro en las calles de Montepulciano y me mezclo entre sus gentes hasta llegar a la calle *Di Gracciano nel Corso*, donde veo un bar con terracita de mesas oscuras llamado *Cucina típica Toscana*. En sus mesas hay jóvenes disfrutando de una jarra de cerveza y otros no tan jóvenes con una copa de vino. Cómo cambian las preferencias con la edad.

Me acomodo en una de las mesas, e imito a los *no tan jóvenes* pidiendo una copa de vino tinto y algún plato típico de la región. El camarero sonríe, y a los pocos minutos me deleita con un típico plato toscano llamado: *Panzanella*.

—Es un plato típico toscano muy sabroso, señora. Se deshace el pan mojado en agua y se condimenta con un poco de vinagre, aceite, sal y pimienta. Al final se enriquece con tomate fresco, cebolla y albahaca. Que lo disfrute —explica amablemente.

Reprimo mis ganas de pedirle *Ketchup* porque sé que en Italia la gastronomía es importante y me miraría mal. Puede, incluso, que le escupiera al capuchino que me pienso tomar cuando acabe de comer. En América somos expertos en destrozar sabores naturales y auténticos con *Ketchup*, mostaza y otras especies poco saludables. Saboreo cada pedacito de la, efectivamente, sabrosa *Panzanella*, mientras le doy sorbos pequeños a la copa de vino tinto.

Abro la libreta, cojo mi bolígrafo e intento buscar inspiración entre los rostros de la gente. Observo a cuatro jóvenes sentados en la mesa de al lado que hablan en un italiano rápido que no entiendo. Rebosan felicidad y autenticidad, pero no hay nada en ellos que me inspire ni me llame poderosamente la atención. Miro a una pareja de ancianos que camina lentamente y con torpeza por las calles empedradas y, a la vez, a una chica pelirroja que recorre en una bicicleta de color rosa sus calles. En la encantadora cesta delantera me ha parecido ver un par de libros, quién sabe si uno de ellos es mío. Aparto pensamientos egocéntricos de mi mente y me fijo en el hombre que tengo enfrente. Debe tener más o menos mi edad, quizá es algo más joven, pero su piel bronceada en exceso, quizá por estar permanentemente al aire libre, lo hace parecer mayor. Su mirada de ojos color miel está fija en una taza de café. Sus manos permanecen quietas en la mesa. Viste una camisa de cuadros de color verde y unos tejanos negros.

Ensimismado en sus pensamientos, un mechón castaño oscuro cae por su frente. Siempre he sentido debilidad por los mechones que caen en la frente. Su rostro es duro, masculino, y lleva una barba descuidada de hace días. Estoy tan concentrada observándolo, que ni siquiera me he dado cuenta que él hace rato que también me mira. Me sonríe y, sin que me dé tiempo ni siquiera a suponerlo, se levanta de la silla y se sienta frente a mí.

—¿Americana? —pregunta en un perfecto inglés, aunque sin perder la esencia de sus raíces italianas.

—Sí. Alice Morgan.

—¿De qué me suena ese nombre?

Me encojo de hombros. También le sonrío.

—Ángelo Cravioto y, aunque pueda parecer muy italiano, mi madre era americana.

—¿Era? —pregunto casi inconscientemente.

—Ha fallecido hace dos semanas.

—Oh, cuánto lo siento.

Es extraño cómo un perfecto desconocido puede, de inmediato, explicarte algo tan íntimo sobre su vida privada. La muerte de una madre, la ausencia de un amor, un tormento del pasado o fantasmas que habitan en nuestro interior. Quizá es más fácil hablar con desconocidos porque, en realidad, no importa qué es lo que pensarán de ti; es muy probable que al poco rato desaparezcan de tu vida para siempre.

Se encoge de hombros y me agradece el lamento con una sonrisa.

—¿Eres escritora? —me pregunta, señalando la libreta.

—Sí. Bueno, al menos lo era —respondo con sinceridad, decepcionada conmigo misma.

Se queda pensativo durante unos segundos; abre la boca en exceso y me muestra unos ojos ilusionados y vivarachos.

—¡Claro! Alice Morgan. Mi madre leía todos tus libros. ¿Cómo decía? Ah, sí... «Estas historias son más gratificantes que el chocolate.» Y créeme, mi madre era una lectora exigente.

—Vaya, muchas gracias. Menudo halago.

—Yo vivo en una de las casas que hay en la colina, a unos diez minutos de aquí. Tengo caballos y ofrezco a los turistas rutas con ellos. Cuando quieras venir, estás invitada.

—Genial —afirmo entusiasmada, mostrando la mejor de mis sonrisas.

—¿Y qué te ha traído hasta aquí? ¿Dónde te alojas? —quiere saber.

—Intento buscar un poco de inspiración fuera de Nueva York. ¿Conoces a los Hope? —pregunto, sin mucha esperanza de que así sea.

—Claro, los americanos que veranean en otra de las casas de la colina. Magnífica casa, por cierto. Conozco a Mark, ¿qué ha sido de su vida?

—Está aquí.

—¿Mark? ¿En la Toscana? ¿Eres su mujer?

—No, no, no... —niego rotundamente riendo—. Nada de eso.

—Qué alivio... —sonríe pícaramente—. Porque si fueras su mujer, no podría invitarte a cenar esta noche.

Directo, atractivo, agradable, humano. Ángelo no solo me resulta una fachada atractiva, sino también una persona que quiero descubrir. Algo en él me resulta entrañable y auténtico y deseo saber qué es.

Me provoca curiosidad. ¿Cuánto tiempo hacía que no me pasaba algo así? Mucho, demasiado.

Me fijo en sus manos. Son fuertes y poderosas y de nuevo, en poco tiempo, vuelvo a sorprenderme a mí misma al tener pensamientos lascivos con ellas. Con unas simples manos. Sintiendo que me acarician, que rozan mi piel. Dios... demasiado tiempo sin sexo. Mi hija diría algo así como: «¡Mamá! ¡Eres una vieja de cuarenta años! Prohibido pensar en lo que estás pensando.» Y, sin embargo, miro a Ángelo y el lado romántico que ansía vivir una inolvidable historia de amor como las que siempre he escrito, me dice que mi vida no ha hecho más que empezar. Sí, a mis cuarenta años. A la edad en la que mi hija piensa que debería estar en una sillita balancín tejiendo y viendo culebrones en televisión. ¡A la mierda! Ni siquiera tengo miedo de no recordar cómo era eso de coquetear, de ligar, de aparentar algo que no eres por el simple hecho de agradar a la otra persona.

—Y dime, Ángelo, ¿dónde me llevas a cenar esta noche? —pregunto, cerrando mi libreta y dando por concluida mi búsqueda de inspiración para una próxima historia que debo presentar sí o sí, si no quiero perder mi contrato editorial.

Creo que la encontraré en este hombre. Al menos, así lo deseo y lo veo en su mirada franca y curiosa. ¿Quién me lo iba a decir hace tan solo unas horas?

# MARK

Amy y yo nos hemos pasado la tarde cocinando. No he querido ser cruel y le he dicho que sus tortitas son las mejores que he probado en mi vida, pero realmente sabían horribles. Temo por mi salud.

A las ocho de la tarde, la adolescente con las hormonas chifladas empieza a alterarse. Ni rastro de Alice; ni siquiera se ha despedido de nosotros al salir.

—Venga, tranquila. Habrá ido a dar una vuelta.

—¿Y por qué no me ha dicho nada? Podría habernos avisado de que se iba, no sé, digo yo...

—Pareces su madre.

—Dile eso en cuanto llegue, a ver si me hace un poco de caso —replica malhumorada—. El otro día tuvo una cita con un tío y se puso un vestido rojo ajustado. La vi por el rabillo del ojo, pero salió rápido de casa para no tener que escuchar mi insistencia para que se pusiera el vestido negro. Mucho más sobrio, ¡dónde va a parar!

No puedo evitar reírme porque no tiene ni idea de que yo era la cita de su madre. Esa breve cita en la que se presentó con un precioso, aunque, en mi opinión, poco adecuado vestido ajustado de color rojo. Y, de repente, me siento mal por haberme dejado llevar por las primeras impresiones y haberla confundido por aquella morena que estaba sentada a su lado en la barra de mi restaurante. También por no haber insistido en que se quedara, conocerla algo más y darle una oportunidad. De nuevo, el maldito crítico gastronómico atormenta mis pensamientos, aunque por otros motivos menos profesionales. Debió sentirse mal. Y, lo que es peor, yo fui el causante de que Alice se sintiera mal consigo misma aquella noche.

—En fin, desde que se ha separado de mi padre es un desastre —sigue diciendo Amy—. No escribe, se pasa el día dando vueltas por la ciudad, haciendo ver que piensa en historias, cuando realmente sé que lo que hace es cotillear mi Facebook. Y, por si todo eso fuera poco, me ha arrastrado hasta aquí. Lejos de mi mundo, sin cobertura, sin mis amigas, sin Matt...

—¿Quién es Matt? —pregunto con curiosidad.

El mundo femenino adolescente me tiene de lo más intrigado después de cuatro horas con esta jovencita cuyas aspiraciones en la vida son hacer las mejores tortitas del mundo. No ha parado de hacerme preguntas sobre mis restaurantes, mi cocina, mi plato preferido, cómo preparo las salsas de los espaguetis, los secretos de mis recetas... En fin, de lo más entretenido e inesperado.

—Mi novio. Es un tío genial, ¿sabes? Creo que al fin he encontrado al amor de mi vida.

—¿Eso se dice a los... catorce años? —pregunto, intentando no reírme.

—Quince. Tengo quince —me contradice molesta—. Y sí, creo firmemente que es el amor de mi vida.

—Perdone usted. Pero yo también tuve uno de esos "amores de mi vida" a los quince años y me duró un suspiro.

Se queda pálida como la pared. Abre la boca y sé que quiere rebatir sobre el asunto pero, por otro lado, supongo que le intimida hablar del tema con un tipo cuarentón al que conoce desde hace solo cuatro horas.

—En fin, déjalo. Habrá que preparar algo para cenar, aunque me da pereza.

—¿Al chef le da pereza cocinar? —pregunta, con una mueca burlona—. ¿Cocino yo?

—¿Tortitas? —me río.

—¡No! A ver, a ver...

Amy vuelve a abrir armarios y cajones crispándome los nervios. Es enérgica y se mueve de un lado a otro con rapidez. Sería una buena ayudante de cocina si aprendiera dónde están los límites de la sal y el azúcar.

—¿Pizza? —propone entusiasmada.

—Venga. Preparo la masa y tú los ingredientes.

—¡Genial!

Y, como por arte de magia, la pizza casera logra hacerle olvidar que su madre se ha ido de casa sin tan siquiera despedirse. Y yo, aunque no conozca de nada a la escritora de novelas románticas, parezco estar más preocupado por su paradero que su propia hija, más centrada en elegir los ingredientes perfectos que le apetece cenar esta noche para colocar sobre la masa de la pizza que empiezo a preparar.

# ALICE

Tras cuatro copas de vino tinto, Ángelo y yo nos dirigimos hasta la *Piazza Michelozzo* en la que se encuentra el restaurante *Pozzo Di Pulcinella*. Ángelo sonríe y me dice que es uno de sus restaurantes preferidos en Montepulciano. El lugar es bastante rústico y más del gusto de mi difunta abuela que del mío. Hay un claro contraste entre sus paredes blancas y otras de piedra; la calidez de la madera de sus suelos que chirrían al caminar; y los manteles, que alternan el color blanco y amarillo.

Nos adentramos en uno de los salones y nos sentamos con la mirada fija en la carta. Esta noche hay pocos clientes y eso me alivia, me siento tranquila a pesar de ir con alguna copita de más. Ángelo y yo hemos estado hablando durante toda la tarde. Hemos hablado del cáncer fulminante que se ha llevado a su madre hace tan solo dos semanas; de los problemas con el alcohol de su padre, que decidió abandonarlos hace años; y de su negocio con los caballos. Quiere que vaya a conocer su casa, que ni de lejos se asemeja a la de los Hope. «No todos los que vivimos en las colinas tenemos casas majestuosas en las que en siglos pasados pudieron vivir reyes», ha dicho riendo. Dice ser feliz con su pequeña granja. Al lado de su casa tiene un cobertizo con gallinas y conejos. En vez de piscina tiene un huerto en el que planta tomates, lechugas, patatas... para él es un pasatiempo y el negocio de los caballos un auténtico privilegio.

—¿Puedo elegir por ti? —sugiere galante.

Asiento, conforme, porque a las letras de la carta se les ha antojado mezclarse entre ellas y jugar conmigo.

—Será lo mejor. Creo que voy un poco borracha —reconozco en voz baja.

—Entonces pediremos agua —dice tajante.

Recuerdo sus palabras al hablar de su padre alcohólico. Lo duro que debió ser, para un chiquillo de cinco años, no entender el motivo por el que el hombre que le había dado la vida le daba palizas diarias a su madre. Que los abandonara fue su salvación, algo que le unió mucho a su madre.

—Claro. Agua está bien —acepto conforme.

Ángelo le dedica una sonrisa al camarero y empieza a pedir lo que me parece una cantidad infinita de platos. No entiendo absolutamente nada, pero me gusta la manera en la que Ángelo trata a la gente. Mi madre siempre decía: «Si un hombre trata bien a un camarero, merece la pena. De lo contrario, es un ser despreciable.»

Cuando termina de pedir y el camarero se aleja, le interrogo con la mirada y él empieza a reírse.

—¿Preparada? De primero una *Pappardelle* con liebre, lo que viene a ser mi pasta preferida. De acompañamiento, un queso *pecorino de Pienza* riquísimo que tienes que probar y, de segundo, una *Tagliata ai ferri*.

—¿Eso qué es?

—Un bistec de carne de vacuno marinado en ajo triturado y aceite de oliva cocido a la brasa. Lo sirven cortado en pequeñas fetas y lo rocían con zumo de limón y hojas de rúcula.

—Tiene muy buena pinta. Pero, ¿marinada en ajo? Luego el aliento... —me río.

—¿Qué pasa con el aliento?

—Apestará a ajo.

Nunca he sido una ferviente admiradora del ajo ni de la cebolla. Sobre todo en una cita. ¿O esto no es una cita?

—¿Y?

Me ruborizo. Él disfruta de la situación.

—¿Acaso quieres que te bese?

Me ruborizo aún más. ¿Cómo puede ser tan directo? Ha ido directo al grano desde el principio y, aunque me gusta, también me incomoda porque yo no soy así. Soy más discreta, menos directa, y aunque Ángelo me atrae en muchos sentidos, deja de ser un reto para mí. ¡Con lo bien que íbamos!

—Te lo estoy poniendo muy fácil, ¿verdad? —pregunta, como si me hubiera leído el pensamiento. Otro punto a favor para él.

—¿A qué te refieres? —disimulo.

Estoy borracha pero no me he vuelto idiota. No todavía.

—A mis directas. Cuando una mujer me gusta quiero hacérselo saber de inmediato. Esta vida me ha enseñado que, a veces, tenemos menos tiempo del que esperamos, ¿sabes? ¿Para qué desperdiciarlo? ¿Por qué no reconocer que nos atraemos, aunque solo haga unas horas que nos conocemos?

No me equivocaba al pensar que Ángelo podría servirme de inspiración. Mi cabeza va a mil por hora, crea personajes, diálogos, situaciones y, al fin, después de un año de sequía, tengo «La historia». Una historia sobre el tiempo perdido, el amor, la esperanza, los sueños y el arrepentimiento por no haber hecho lo que queríamos cuando debíamos hacerlo.

*De vuelta a casa de los Hope*

Sin darme cuenta, son las doce de la noche y se me ha ido el santo al cielo. Las horas han pasado volando, el reloj me ha gastado una broma pesada. Al salir de casa a las cinco de la tarde, ni siquiera le he dicho a Amy adónde me dirigía. Mi plan inicial era dar un breve paseo por Montepulciano, sentarme en la terraza de un bar tal y como hice para encontrar un poco de inspiración entre los transeúntes, y volver pronto a casa caminando de nuevo por el sendero con tranquilidad, contemplando el paisaje toscano. No esperaba encontrar a alguien como Ángelo, con una conversación tan interesante y que, a la vez, me resultara tan familiar y amigable desde el principio. No podía ni tan siquiera imaginar cómo iba a regresar a casa de los Hope andando. ¿De noche? ¿Sola? ¿Cómo se iba?

—Dime que has venido en coche, Ángelo... O en caballo —le digo, casi suplicando.

—No —responde riendo—. Al igual que tú he bajado al pueblo caminando. Pero te acompaño hasta casa, conozco el camino como la palma de mi mano.

—¿Vives muy lejos de la casa de los Hope?

—A cinco minutos.

—¿Debería ver tu casa desde la ventana de mi dormitorio? —quiero saber divertida.

—Las montañas lo impiden —responde serenamente, contemplando el cielo nocturno.

La cena ha sido muy agradable y, aunque desde siempre me he prometido a mí misma que jamás saldría con un hombre más joven que yo, con Ángelo puedo hacer una excepción. Al fin y al cabo, solo es dos años menor y a mi edad tampoco hay mucha diferencia.

Se me ha pasado la borrachera y, aunque estoy muy cansada y se me hace difícil tener que caminar veinte minutos por los senderos empinados, debo reconocer que me encanta el paseo gracias a mi acompañante. Maldigo la hora en la que he comido el *Tagliata ai ferri* marinado en ajo triturado, porque me apesta la boca y me apetece mucho besar sus labios.

—Uff... —Me detengo agotada—. Cuando bajaba por el sendero no pensé en que luego tendría que volver. Malditas cuestas.

—Hacia abajo es una gozada, ¿verdad? —ríe Ángelo—. Descansa y mira hacia al cielo, Alice.

Ángelo posa su mano sobre mi hombro y le hago caso. El cielo está completamente estrellado y la luna resplandece grande y poderosa. De fondo solo se oye el silencio de la noche y algunas luciérnagas escondidas en los viñedos. Es mágico. Miro fijamente a Ángelo y le sonrío, pero al ver que no tiene la más mínima intención y picardía de acercarse a mí para besarme, me alejo un poco y señalo hacia el camino.

—En marcha. Mi hija debe estar preocupada por mí. A veces se comporta como si fuera mi madre.

Ángelo ha sido encantador cuando le he estado explicando lo duro que ha sido mi divorcio, lo mal que lo ha pasado mi hija y lo fatal que me trata a veces. Como si yo tuviera la culpa de que su padre haya elegido irse con una jovencita. Sus palabras exactas han sido: «Paciencia con Amy. Todos hemos tenido quince años y le hemos hecho la vida imposible a nuestros padres. Y sobre tu ex marido, seguro que, algún día, quizá no muy lejano, se da cuenta de la increíble mujer a la que ha perdido.» No sé, dicen de los italianos que son unos conquistadores natos y les encanta regalar los oídos, especialmente a las "inocentes" mujeres extranjeras. Puede ser que sea así con todas. Puede que no le guste tanto como parece. Puede que mañana no lo vuelva a ver. O puede que viva el verano más increíble de mi vida gracias a Ángelo.


Cuando llegamos a casa de los Hope, me sorprende ver a Mark sentado en el porche delantero mirando el cielo estrellado. Tiene una copa de whisky en la mano y parece sorprendido al verme junto a Ángelo. «Perfecto, lo que me faltaba. Adiós a mi idea de un romántico beso bajo el cielo toscano con sabor a ajo.»

—Has tenido preocupada a tu hija toda la tarde. ¿Por qué no nos dijiste que salías? —pregunta sin tan siquiera saludar.

—Buenas noches, Mark —dice Ángelo.

—Cravioto... —responde Mark sin mucho entusiasmo.

Se miran durante unos segundos, como si se fueran a batir en duelo, así que decido romper con esa incómoda situación y hablar.

—He conocido a Ángelo y me he entretenido algo más de la cuenta. Además es muy difícil encontrar cobertura y no he podido llamar a Amy. Tampoco tengo que darte explicaciones, Mark.

—No, claro que no. —Asiente sonriendo, y desvía la mirada hacia las oscuras montañas.

—Bueno, yo me voy —interrumpe Ángelo—. Alice, ha sido un auténtico placer.

—Lo mismo digo. Gracias por la cena, por la conversación... —Bajo la mirada sabiendo que Mark no nos quita el ojo de encima por mucho que disimule mirando hacia otro lado.

—Queda apuntada la ruta a caballo, ¿vale?

—Sí, me encantaría.

—Hecho.

Ángelo me guiña un ojo, se acerca a mí y me da un beso en la mejilla. Oigo una risita nerviosa por parte de Mark y me quedo quieta como una idiota viendo cómo el italiano se aleja por el sendero hacia abajo.

—Podrías haber entrado y dejarme un poco de intimidad, ¿no? —sugiero, aunque demasiado tarde.

—Estoy en mi casa. En mi porche. En mi silla. Con mi copa de whisky —responde, remarcando cada «mi» de manera exagerada.

—Tienes razón —reconozco, para no tener ninguna discusión que no me apetece en estos momentos por lo bien que ha ido la noche con Ángelo—. ¿Y Amy?

—Durmiendo.

—¿Ha estado toda la tarde contigo?

Asiente.

—¿Te ha incordiado mucho? —quiero saber.

—No, es una adolescente con las hormonas chifladas muy divertida. No como su madre.

—Oye, ¿qué te pasa? ¿Tienes algo en contra de mí? Porque si es así, cojo ahora mismo las maletas y me voy.

—Si dejo que te vayas, Cindy me mata cuando vuelva a Nueva York.

—Buenas noches, Mark.

Cuando estoy a punto de entrar en casa, Mark me detiene cogiéndome del brazo.

—Siento que nuestra cita acabara mal. Bueno, en realidad siento que ni siquiera empezara.

—Eso está olvidado —digo, zafándome de su mano.

—Y no te enamores de Ángelo. Es un consejo.

71

—¿Qué?

No contesta. Se limita a darle un sorbo a su copa de whisky y a volver a centrar su mirada al cielo. Está increíblemente guapo, el reflejo de la luna le ilumina medio rostro y me doy cuenta de la tristeza que ocultan sus ojos. Pienso que, quizá, esa fachada oculta algo interesante que, por el momento, me da pereza descubrir. Por si acaso me enamoro de la persona equivocada.

Subo a mi habitación. Es casi la una de la madrugada, pero me apetece escribir. Me siento con fuerzas para hacerlo y dormir sería una pérdida de tiempo que no me puedo permitir por un exigente contrato editorial que amenaza con ser destruido si no creo pronto una nueva historia.

Enciendo el ordenador y, como si me fuera la vida en ello, empiezo a escribir las primeras palabras de mi próxima novela sobre el tiempo perdido. Me froto las manos, miro por la ventana hacia la oscuridad de la noche, hacia las estrellas y la luna. Pienso en Ángelo, en sus manos, su mirada, su sonrisa... y, por primera vez en mucho tiempo, vuelvo a sentirme escritora. Como si las musas siguieran ahí. Como si nunca me hubieran abandonado.

# CAPÍTULO 5

## MARK

**M**enuda nochecita la de ayer. Cuando llegué, hace tan solo dos días, no me hubiera podido ni tan siquiera imaginar que, en pocas horas, el verano tranquilo y solitario que tenía en mente para volver a encontrar la originalidad y el buen gusto en mis platos, se iría al traste.

Son las siete de la mañana y las dos inquilinas que tengo en casa aún no se han despertado. Preparo café sorprendiéndome a mí mismo al pensar más en ellas que en mí. «Así tendrán el café preparado cuando se levanten. ¿Una chica de quince años puede tomar café?», me pregunto.

Finalmente, mi experiencia culinaria con Amy fue mejor de lo que esperaba. Incluso me hizo reír y olvidar mis tragedias profesionales. Decidimos salir a cenar al porche trasero y, antes de que pudiéramos hincarle el diente a la pizza casera que entre los dos habíamos preparado, alguien llamó a la puerta.

—Debe ser mamá —dijo Amy aliviada.

Me sentí francamente estúpido al mirarla y pensar: «¡Oh, mamá!», como si esa adolescente chiflada fuera mi hija y *su mamá* mi mujer. Claro que, por otro lado, tengo edad suficiente como para tener una hija de quince años y una mujer que ha preferido huir de esa casa, porque el anfitrión no la ha tratado como tal vez merecía.

Al abrir la puerta, me encontré con la que hace años sí pensé que sería mi mujer en el futuro. Ahí estaba ella, mi amor de verano de hace veintiocho años. En vez de observar a la mujer de cuarenta años que tenía enfrente, volví a ver a aquella adolescente de largas piernas y piel morena aterciopelada por la que estaba loco. Ahora luce su melena negra mucho más corta, pero sus ojos, del mismo color que el café, no han dejado de brillar con el paso de los años. Me sonrió, y yo no pude evitar hacer lo mismo, al comprobar que su figura había adquirido, con la edad, unas voluptuosas y atrayentes curvas bajo el vestido floreado que llevaba puesto.

—Hola, Mark —saludó, con una voz muy distinta a la que yo recordaba—. No creía que estuvieras aquí. Vi luz y decidí acercarme.

—Ha pasado mucho tiempo.

—No pensé que volvería a verte —reconoció, feliz por no haber sido así. Por tenerme enfrente—. Pero el otro día, por casualidad, te vi en un programa culinario. Me sorprendió mucho y te reconocí enseguida.

—¿Qué pasa aquí? —interrumpió Amy.

—Oh... —balbuceó Isabella, mirando fijamente a la loca adolescente y seguidamente a mí, tratando de encontrar algún parecido físico entre ambos.

—No es mi hija —quise aclarar de inmediato.

—Yo tengo un hijo —me sorprendió Isabella—. Más o menos de tu edad —dijo, señalando a Amy.

—Soy Amy.

—Isabella. Encantada.

—¿Hay juventud en este desierto? —preguntó Amy de malas maneras.

—¿Desierto? —rio Isabella—. Esto es de todo menos un desierto. ¿No te parece un sitio increíble?

—No mucho, no te creas —siguió diciendo Amy.

—¿Quieres pasar, Isabella? —le propuse—. Hemos preparado pizza, si te apetece...

—Me apetece mucho.

Fue extraño estar con ella. Pero más extraño fue tener al "incordio" de Amy al lado. Aun así, me enteré de que Isabella seguía viviendo en Florencia desde que se trasladó con sus padres hacía años. Había estudiado empresariales, era vicepresidenta de una empresa de moda textil y había sido madre soltera de un chico de diecisiete años. En ningún momento la quise incomodar preguntándole por qué madre soltera, aunque sentía curiosidad por las circunstancias que la habían llevado a no casarse o a convivir con el padre de su hijo. En cuanto Amy se enteró de la existencia de Alessandro, el hijo de Isabella, la acribilló a preguntas y quiso ver una fotografía de él. Creo que, al verla, se le olvidó por completo su novio americano Matt. Pobre Matt. Quizá será ella la que acabe rompiéndole el corazón a él y no a la inversa.

A las once de la noche, Amy decidió que era el momento de dejarme solo con Isabella y subió a su dormitorio. Se lo agradecí enormemente, pero la felicidad que sentí al estar solo con Isabella desapareció al momento, cuando ella dijo que también era tarde y debía irse.

—Alessandro se enfadará si llego tarde a casa— comentó riendo—. Es muy protector conmigo. Supongo que es normal, solo nos tenemos el uno al otro.

—Entiendo.

—No puedo creer que no te hayas casado, Mark. Mírate... eres un buen partido.

No quise contarle que me rompió el corazón y que ella había sido la responsable de que me convirtiera en un imbécil con miedo al compromiso y a enamorarme. No podría decirle jamás, que había estado con infinidad de mujeres y que no recordaba el nombre de la mayoría porque no había estado más de dos noches con ninguna de ellas. Me odiaría por eso. Pensaría de mí que soy lo peor. Pero ahora que la vuelvo a tener frente a mí, la miro y pienso que, tal vez, sí podría sentar la cabeza a mis cuarenta y tres años, con la única mujer de la que no tuve miedo a enamorarme a causa de la ingenuidad de la adolescencia.

—¿Hasta cuándo te quedas? —le pregunté.

—Todo este mes de agosto. He alquilado una de las casitas de la colina, la que anteriormente era de los Soverinni. ¿Recuerdas a los Soverinni?

—Sí, eras muy amiga de... ¿cómo se llamaba?

—Raquel.

—Esa, Raquel.

—Raquel también estaba muy enamorada de ti, ¿sabes?

—Por aquel entonces yo solo tenía ojos para ti.

Asintió y, con una triste sonrisa, me dijo adiós con la mano y se fue colina abajo. Demasiados recuerdos. Resultaba abrumador y su presencia había sido tan extraña como la de un sueño del que no quieres despertar.


Recogí los platos, me serví una copa de whisky y me senté en el porche delantero de la casa a esperar a que la madre de Amy se dignara en aparecer. ¡Pero menuda manera de aparecer! Iba muy arrimada a Ángelo Cravioto, el idiota que se hacía pasar por mi amigo hace mil años. Un idiota al que le gustaban todas las chicas. Absolutamente todas y, especialmente, las inocentes americanas que soñaban con vivir una historia de amor de cuento en un rincón de la Toscana. Ángelo Cravioto estaba dispuesto a ser el idílico amor de muchas jóvenes, que luego volverían a América con el corazón roto, pero con una "bonita" e intensa historia de amor de verano con la que presumir delante de sus amigas.

¿Cómo demonios se habían conocido? ¿Qué hacía con él? Fueron unos instantes algo tensos, hasta que él se fue y yo le advertí a la escritora de Best Sellers románticos que no se enamorara de ese tipo. Ignoro lo que pensó de mí. Al cabo de un rato, subí al piso de arriba y me fui a dormir con un sonido de fondo mágico: las rápidas teclas del ordenador, cumpliendo la misión de crear con palabras una nueva historia por la que, sin ser un apasionado de las novelas románticas, ya tenía ganas de conocer.

# ALICE

Ángelo y yo caminamos al atardecer por el sendero en dirección al pueblo. Miramos a nuestro alrededor, respiramos el aire puro del campo hasta que él se detiene.

—Lo siento, no puedo esperar más —dice.

Me agarra fuerte de la cintura. Sé lo que va a hacer. Y voy a dejar que lo haga. Acaricia mi mejilla con dulzura, me mira con pasión y, finalmente, acerca su rostro junto al mío y me besa en los labios. Dejo de ser una *vieja de cuarenta años* para volver a ser aquella adolescente apasionada que se enamoró como una loca en un camping de Colorado.

«SIENTE, VIVE, VUELVE.»

—¡Mamá! ¡Mamá! ¡Mamá! ¡Vuelve! ¡Vuelve!

—¿Eh?

Amy me sacude con violencia, es la mejor manera que tiene de despertarme. Me apiado de sus hijos del futuro.

—Vuelvo, vuelvo... ya vuelvo.

Me incorporo un poco y compruebo que anoche me quedé dormida escribiendo. Miro la pantalla del ordenador y, afortunadamente, mi cabeza sobre el teclado no ha provocado ningún desastre. Las primeras veinte páginas de mi novela están guardadas y no puedo sentirme más orgullosa de lo que he empezado a escribir.

—¿Qué? ¿Han vuelto las musas? ¿A qué hora llegaste anoche? ¿Qué hiciste? ¿Por qué no me avisaste de que salías?

—¡Para, para! ¿Quién es la madre aquí? Me entretuve por el pueblo, eso es todo. Y sí, he encontrado algo de inspiración.

Una sonrisa aparece en mi adormilado rostro. Mi hija suspira, pone los ojos en blanco y sale del dormitorio dando un portazo.

Me doy una ducha, cubro un poco mis ojeras con maquillaje para estar algo presentable por si veo a Ángelo, y bajo las escaleras con la intención de tomarme un café bien cargado. En la cocina, Amy está preparando tortitas y Mark, sentado en el taburete, parece resignado a que mi hija haya usurpado su templo sagrado, el espacio en el que nos dijo, cuando llegamos y de muy malas formas, que no podíamos entrar.

—Vaya, veo que compartes tu templo sagrado con Amy —le digo sonriendo y sirviéndome una taza de café—. Puedo, ¿no?

—Claro, para eso está.

Me sorprende su repentina amabilidad. ¿Acaso es bipolar o algo por el estilo? ¿También obedece todas las órdenes de Cindy? ¿Cindy le ha dicho que sea amable o lo es porque quiere?

—¿Ya has probado las tortitas de Amy? —le pregunto a Mark.

Él suspira, me indica que guarde silencio respecto al tema y se ríe. Me hace reír también a mí. Quién sabe, quizá no sea tan capullo como creía.


Salgo al jardín trasero y me siento con mi taza de café. Reviso mentalmente todo lo que he escrito y soy capaz de añadir un par de ideas más a la historia. Cuando termine el café me pongo a ello. Pienso en mi sueño con Ángelo. Pienso en que, quizá, debería pasarme a otro género si no quiero acabar atormentada por besos que aún no me han dado. Por momentos que aún no he vivido y sentimientos que realmente no están en mí.

—Es un día genial para darse un chapuzón.

Mark se quita la camiseta y va directo a la piscina. Se tira del trampolín, bucea unos segundos y al salir se sienta junto a mí.

—¿Sabes? Hoy tendrías que ir a tomar unos vinitos conmigo en vez de salir con Ángelo —propone.

—¿Por qué debería hacer eso?

—Pero no te pongas el vestido rojo. Deberías hacerle más caso a tu hija.

—¿Cómo?

—Yo me entiendo. ¿Qué, te apetece?

—No.

Me mira seriamente y se encoge de hombros. No querría pifiarla con Ángelo, no quisiera que pensara de mí que me voy con cualquiera. Claro que Mark no es cualquiera, sino el hermano de mi agente literaria y amiga y el propietario de la casa en la que voy a pasar un mes por la cara.

—Bueno, quizá sí. ¿Por qué no?

—Soy mejor compañía que Ángelo, créeme.

—No fue lo que me pareció la primera vez que te vi —le digo sinceramente.

—No tienes ni idea de lo que me ha pasado, ¿verdad?

Niego con la cabeza.

—No fue mi mejor noche —empieza a decir—. Y sí, soy de esos tipos que a sus cuarenta y tres años no han sentado la cabeza y, tal y como diría una escritora de novelas románticas, les rompen el corazón a las mujeres. Siento haberme confundido de persona aquella noche, pero debes reconocer que no fuiste comprensiva y me atacaste sin piedad. En aquel momento entró el crítico gastronómico más feroz de Nueva York al que tenía que convencer no echar por tierra mi trabajo de hace años. No sirvió de nada. Al día siguiente, tenía una horrible crítica en los cinco periódicos más importantes de la ciudad, por un error con su lubina y con algo más que yo desconocía, según sus palabras. Está arruinando mis negocios, la posibilidad de abrir un nuevo restaurante en Brooklyn y ha acabado con mi buena reputación. Sé que, con el paso de los días, la gente se olvidará de todo esto y mis restaurantes volverán a estar en pleno auge, pero Logan ha llegado a cerrar locales y a arruinar a excelentes chefs y empresarios. Sí es cierto —coge aire mientras yo, abrumada y escuchándolo con atención, me quedo sorprendida con su labia natural y en cómo explica las cosas—, que me he quedado sin ideas, que mi cocina es exactamente la misma desde hace ocho años, pero va bien. Iba bien así. Solo quería venir aquí a relajarme, a reflexionar... y cuando os vi me quedé perplejo. Habéis cambiado mis planes por completo. Pero ayer la chiflada de tu hija me hizo comprender que puede ser divertido. Lo podemos pasar bien.

—¡Tortitas! —se le oye gritar a Amy desde la cocina.

—Me niego —dice Mark divertido.

—Haz como que no la has escuchado. —Le guiño un ojo y suspiro—. Claro que lo podemos pasar bien. Creo que no eres tan impertinente como pensaba al principio y, la verdad, yo tampoco estoy viviendo la mejor época de mi vida.

—Ya, Amy me contó lo de Jack.

—Ya sabes la historia.

—Lo siento.

—Bueno, es lo que tiene. ¿Quién puede resistirse a una mujer joven y guapa?

—Yo no.

—Gracias —le agradezco, queriendo sonar lo más sarcástica posible.

—Pero tú eres muy guapa.

—Pero no soy joven.

—Sí lo eres. Entonces, yo también soy un vejestorio.

—No, claro que no lo eres.

—Estamos bien. Estamos muy bien —afirma.

—Pero tú preferirías a una de treinta antes que a una de cuarenta. ¿Me equivoco?

—Te diré algo, Alice. Hasta hace dos días creía que era así. Pero ayer todo eso cambió.

Me sonrojo al pensar que tiene algo que ver conmigo. Entonces, vuelve a hablar y la decepción se apodera de todo mi ser, al enterarme de que estoy muy equivocada y que me estoy sobrevalorando.

—Ayer tuve una visita totalmente inesperada. La de mi amor de juventud, Isabella. Es de tu edad, y... —De nuevo empieza a reírse y niega con la cabeza—. No sé por qué te estoy contando todo esto.

—Porque no tienes a nadie más a quién contárselo.

—¡Tortitas! ¡Os están esperando! —vuelve a gritar Amy desde la cocina. Niego con la cabeza.

—A la chiflada de tu hija también se lo puedo contar. La conoció.

—¿Ah, sí? ¿Se portó bien?

—Sí, más o menos. Le entusiasmó saber que tiene un hijo de diecisiete años y eso que tiene novio.

—¿Novio?

—¿No lo sabes?

—Matt —intento disimular.

Lo que me faltaba. No quiero que piense que, en tan solo unas horas, ha conseguido la total confianza de mi hija mientras que yo, que soy la madre que la parió, no sé absolutamente nada de su vida íntima.

—Ese, Matt. Tu hija va a ser una rompecorazones.

—¿Por qué me dijiste que no me enamorara de Ángelo? —quiero saber, obviando el tema de mi hija y sus ligues, y aprovechando que Mark parece tener el día amable.

—Porque es un idiota. Cuando teníamos quince años...

—No. No me digas más —le interrumpo—. Tú solito lo has dicho todo. «Cuando teníais quince años.» Ha pasado toda una vida de lo que sea que te hiciera, Mark.

—Conozco a este tipo de tíos, Alice. No cambian, nunca cambian. Ni con quince, ni con cincuenta.

—Ya. ¿Y por qué tú sí? ¿Por qué tú has pasado, en unas horas, a preferir a una mujer de cuarenta antes que a una de treinta?

—Lo mío es distinto.

—Quizá lo de Ángelo también.

—Vale, haz lo que quieras. Pero luego no me digas que no te lo advertí.

Lo miro fijamente. Tal es la seguridad en sí mismo, que me da miedo. No nos conocemos absolutamente de nada y se cree con el permiso de darme lecciones de vida. De darme consejos de hermano mayor. Quizá, dentro de unos días, le otorgue yo ese permiso pero, mientras tanto, prefiero que se quede simplemente en la cita que no llegué a tener; en el hermano de mi agente literaria que, por cierto, no se ha dignado ni siquiera en contestar al mensaje que le envié y que sé que sí ha recibido y leído. Avances de la tecnología, Cindy. Me has fallado.

—Por primera vez en mucho tiempo, voy a hacer lo que me dé la gana —le aseguro con rebeldía—. Y no os extrañéis que vuelva a aparecer a las tantas de la noche o de la madrugada por casa o a salir sin decir adónde voy.

—Se lo comunicaré a Amy.

Esboza una sonrisa y se va hasta la cocina. Oigo decirle a Amy, con mucho tacto, que no tiene hambre y que no le apetece comer tortitas. Mejor, su estómago se lo agradecerá.

# CAPÍTULO 6

## MARK

Agosto ha llegado cruelmente caluroso. Ha pasado una semana desde que estoy aquí y cinco días desde que llegaron Alice y su hija. A Alice no la veo demasiado y aún tenemos pendiente nuestra cata de vinos por Montepulciano. Se encierra durante horas en su dormitorio a escribir, se ha dado un par de chapuzones en la piscina y, a menudo, la veo sentada bajo el sauce llorón leyendo, tomando apuntes en una libreta o mirando su teléfono móvil porque ya ha descubierto que es el lugar de la bendita cobertura. Alice, tal y como me advirtió el otro día, desaparece sin avisar; ni siquiera le dice a su hija adónde va. Claro que Amy tampoco le hace mucho caso y, cuando están juntas, he notado cómo la chiflada adolescente le habla con desprecio. Aún no me veo con la suficiente confianza como para decirle a Amy que no debería hablarle así a su madre, pero lo cierto es que he hecho buenas migas con ella. Nos metemos en la cocina e ideamos combinaciones de sabores originales pero que, en su mayoría, saben fatal. Puedo sacar algo bueno de ahí. Aún tengo esperanzas.

Estoy casi todo el día metido en casa, pero sí he visto en un par de ocasiones a Isabella. De hecho, hoy soy yo quien va a visitarla a la casa que ha alquilado y Amy se ha empeñado en acompañarme, acoplándose con descaro, porque quiere conocer al guapo de Alessandro.

—Eres muy pesada. ¿Lo sabes, verdad? —le digo.

—Lo sé. Pero no pensarás dejarme sola en casa sin niñera —ríe.

Caminamos por el sendero. Amy tiene la mirada fija en su teléfono móvil, al fin, con algo de cobertura.

—¿Qué pasa? —le pregunto.

Me enseña una fotografía que el tal Matt ha colgado en Facebook hace unas horas. En ella veo a un joven con la frente cubierta por mechones de cabello negro y unos ojos brillantes de color verde que parecen estar perjudicados por haber fumado un porro. Pero eso no es lo que ha trastocado a la pobre Amy. A su lado, una joven pelirroja con la nariz respingona cubierta de pecas, sonríe exageradamente muy acaramelada a él.

—¿Es su prima? —disimulo.

—Es la zorra de Emily.

—La zorra de Emily —repito—. Ajá... ¿Son amigos?

—¿Ves en esta foto que sean solo amigos? —pregunta, alzando la voz.

—Bueno, podría ser peor, podría...

—¡Oh, Dios mío!

—¿Qué pasa? —me sobresalto.

—¡Mira! —grita.

Veo otra foto. En ella, *la zorra de Emily* le da un "inocente" beso en los labios a un perjudicado, por los porros y el alcohol, Matt.

—O sea, o sea, o sea... ¿Esto qué es?

—No querría ser cruel, pero...

—¡Me ha puesto los cuernos!

—Eso te iba a decir yo... —me lamento.

Nos detenemos. No sé qué voy a hacer si Amy se pone a llorar. Me entra pánico solo de pensarlo; este tipo de situaciones siempre se me han dado mal. ¿Qué haría un padre?

—¿Qué piensas hacer? —le pregunto para entretenerla.

—Conocer a Alessandro —comenta decidida.

No llora. No parece afectada. Me sorprende su comportamiento. Nunca he entendido del todo a las mujeres, pero una adolescente, es aún más compleja. Se ríe. No sé si de sí misma, de Matt, de los nervios, de la situación o de qué.

—¿Y si no le gustas? A Alessandro, me refiero —le digo, cruzando los dedos y rezándole a un Dios en el que no creo, para que no se enfade por mi comentario.

Me mira fijamente y frunce el ceño. Sus bonitos ojos azules me miran con burla y tuerce la boca.

—Llevo shorts. Estos nunca fallan, viejo.

—¿Viejo?

—Vamos, que tenemos trabajo —dice decidida.

—Me das miedo, Amy.

—No seas gallina, Mark.

—¿Gallina?

—¡Bah! No te me atormentes ahora.

# ALICE

*"La vida es como un piano:*
*Las teclas blancas representan la felicidad*
*y las negras la tristeza.*
*Conforme pasa el tiempo,*
*te das cuenta que las teclas negras*
*también hacen música".*

Siempre pensé que no existiría un verano que pudiera superar al de mi semana en Colorado con Thomas cuando era una adolescente. Pero llevo cinco días en La Toscana y ya lo ha superado con creces. A mi hija parece divertirle tratarme mal delante de Mark, con quien se lleva fenomenal, y parece confiarle su vida entera. Así que no me siento mal si me paso horas trabajando en mi nueva novela frente al ordenador, o si desaparezco de casa sin decir nada. Mark debe suponer dónde estoy. Con quién estoy. Y no anda equivocado.

Haciendo caso omiso de sus advertencias, creo que me estoy enamorando un poquito de Ángelo. Solo un poquito. Aún no ha pasado nada entre nosotros a pesar de sus directas y acercamientos. El sueño en el que caminamos por el sendero, se detiene y me dice que no puede más, para segundos después sorprenderme con un beso, aún no se ha hecho realidad. Y digo yo, ¿a qué está esperando? ¿A qué juega? ¿No era él el que decía que no hay que desperdiciar el tiempo? Pero tampoco quiero estropearlo. No quiero acabar con la relación mágica y bonita que estamos creando entre los dos. A lo mejor no tiene por qué pasar nada. ¿Por qué debería pasar algo? La vida no es una novela romántica. Dos personas del sexo contrario no tienen por qué convertirse en una pareja de enamorados de la noche a la mañana. Tampoco quiero forzar la situación, ni llevarme un desengaño.

—Venga, sube. Yo te ayudo.

Ángelo está muy guapo vestido adecuadamente para montar a caballo. Le digo que es mi primera vez y que los caballos me imponen bastante. Además no voy bien vestida para la ocasión. He elegido vestido y eso no siempre es adecuado para montar a caballo, al no ser que seas Juana de Arco y lo domines a la perfección.

—¿Y si me caigo? —le pregunto aterrorizada.

—El caballo no se pondrá a trotar como un loco, a menos que tú se lo digas.

—Casi prefiero que subas conmigo. Que me lleves tú.

En mi cabeza ya estoy visualizando la idílica imagen de agarrarme a la cintura de Ángelo y galopar a caballo con un experto jinete como él. Suena romántico, muy a *Leyendas de pasión* o a la última novela que leí: *La viajera del tiempo*, con una viajera llamada Lia, galopando con un hombre del siglo XIX en busca de su hermano.

—Yo iré en este —dice, acariciando el lomo del caballo marrón de pelaje brillante que tiene a su lado.

—Vale —refunfuño. Mi idealizada imagen se esfuma como por arte de magia.

Ángelo me ayuda a subir y coloca mis manos sobre las cuerdas del caballo. Siento vértigo al mirar hacia abajo.

Con gestos, me enseña qué es lo que debo hacer para indicarle al caballo hacia dónde quiero ir pero, al darse cuenta que no coordino demasiado bien, se da por vencido y dice que me limite a seguirle, que mi caballo hará lo que haga el suyo.

—No lo pongas a correr muy deprisa —le advierto riendo. Tengo miedo. Voy a morir.

—Un paseo tranquilo —promete.

Cumple su promesa y damos un paseo tranquilo a caballo por los senderos de la colina. El paisaje es repetitivo, pero no por ello carente de interés. Es hermoso. A lo lejos, me parece ver a Mark y a mi hija detenidos en el camino. Ella le enseña algo de su teléfono móvil cuando a mí siempre me lo esconde, y empieza a gesticular en exceso con las manos. Él, quieto, parece temerle. «¿Qué le estará enseñando?», me pregunto. «¿Y por qué nunca me enseña nada de su móvil a mí?» Estoy muy, pero que muy ofendida.

—¿Todo bien? —pregunta Ángelo, mirando hacia mí.

—Perfecto. No podría ir mejor.

Nos adentramos en un bosque y mi caballo se detiene al mismo tiempo que el de Ángelo.

—Dejémosles descansar un poco.

Nos sentamos junto a un árbol; Ángelo apoya la espalda contra el tronco y me mira con los ojos entrecerrados. Yo, sin embargo, prefiero entretenerme y dejar volar la imaginación con las dos iniciales que hay grabadas con algún objeto punzante del pasado, en el tronco del árbol en el que estamos. Una I y una M. ¿Quiénes serán? ¿Seguirán juntos? ¿Serán felices? Siempre me ha parecido un detalle romántico y, sin embargo, no hay ninguna T (de Thomas) o una J (de Jack) y una A (de Alice) en ningún tronco de ningún árbol de cualquier rincón del mundo.

—¿Estás cansado? —le pregunto a Ángelo, porque no sé qué otra cosa decirle. Al fin y al cabo, no puedo estar mirando las iniciales del árbol todo el rato e ignorarlo.

—No. ¿Cómo va tu novela?

—Muy bien. Sesenta páginas y hacia delante, a buen ritmo.

—Espero que este paseo te inspire.

—Tú me inspiras.

«¿Cómo? ¿He dicho yo eso?»

—Mi madre se sentiría orgullosa al oírte.

—Me hubiera gustado mucho conocerla.

Mira hacia abajo y palpa los bolsillos de sus pantalones. Saca su cartera y, de dentro, una fotografía tamaño carnet. Me la muestra. Es su madre con apenas veinte años. La fotografía es vieja, en blanco y negro con los bordes desgastados. En ella, puedo ver a una mujer sonriente; parece que la vida, por el momento, la ha tratado bien. De cabello rubio y ojos claros, su sonrisa me recuerda a la de Ángelo. Franca y cariñosa, debía ser una mujer muy interesante.

—Nos hubiéramos llevado bien —le digo con certeza.

—Ya lo creo.

Sería el momento perfecto para decirle algo así como: «¿A qué esperas para besarme? Hoy no he comido ajo.» Pero no me atrevo. Los personajes femeninos de mis novelas suelen ser atrevidas y valientes. Suelen ser ellas las que llevan las riendas de la situación. Me doy cuenta de lo fácil que resulta crear situaciones románticas en las que la mujer toma la iniciativa, y lo difícil que es hacer que suceda algo así en la vida real. Suspiro. Miro a mi caballo, está entretenido arrancando hierbajos.

—Sé lo que estás pensando —dice Ángelo de repente.

—¿Ah, sí? —digo coqueta.

—Sí.

—Dímelo tú.

—Que quieres volver a comer un rico *Tagliata ai ferri*.

Me río por su ocurrencia. Es la oportunidad perfecta para decir lo que quiero decir. Lo voy a soltar, así, de repente, y que sea lo que tenga que ser.

—Te equivocas. No estaba pensando en llenar mi boca de ajo porque no me atrevería a darte un beso.

Me mira perplejo. Mierda. La he pifiado. Él, tan directo, tan atrevido, tan sincero... yo, tan torpe.

—¿Quieres que te bese? —pregunta, arqueando las cejas.

—¿No eras tú el que decía que no había que perder el tiempo?

—Leí un libro tuyo que mi madre se había dejado por casa. El de *El brillo de tus ojos*. En él, la protagonista femenina ignora a todos los tipos fáciles que quieren llevarla a la cama y por eso no me he atrevido a...

—Cállate —le interrumpo, agarrándolo por la nuca y plantándole un largo y apasionado beso. Nuestro primer beso bajo la sombra de un árbol perdido con las iniciales I y M grabadas para siempre, en un bosque de un pueblecito de la región de la Toscana. I y M también se besaron apasionadamente aquí, en un momento muy lejano en el tiempo.

«Nunca pierdas la capacidad de sorprenderte a ti misma», me digo. Por lo visto, no he olvidado cómo era eso de besar. Cómo era eso de juguetear con una lengua ajena y morder un labio que deseas. Cierro los ojos y me dejo llevar. Aparto de mi mente las palabras que diría mi hija en estos momentos: «¡Arrancadme los ojos! ¡Arrancadme los ojos!», o la advertencia de Mark: «No te enamores de Ángelo.» Vivo el momento. Lo saboreo con placer. Separo mis labios de los de Ángelo. Me mira fijamente y me sonríe. Me vuelve a besar. Es como haber vuelto a aquel camping de Colorado, con la misma ilusión de una jovencita que ansía descubrir qué se siente al estar enamorado de verdad. Qué se siente al dar un primer beso; a experimentarlo todo por primera vez.

Me pregunto, aunque no sea el mejor momento para hacerlo, si estuve enamorada de Jack. Si lo nuestro duró tantos años por comodidad, por costumbre, miedo o porque realmente estábamos enamorados. Querernos sí, cada uno a su manera. La manera de Jack siempre fue egoísta. Pero ¿enamorados? La palabra amor es demasiado profunda como para poder decir a la ligera: «Sí, me he enamorado.» Y te quedas tan ancho. A los veinte años apenas le das importancia. No es querer, es amar. No es que te guste, es que te has enamorado. A los cuarenta, la palabra amor se te hace muy grande.

No sé si lo que siento por Ángelo es una simple atracción física o va más allá. Si es este entorno privilegiado y el verano y el deseo de vivirlo *a tope*. Creo que pienso demasiado y me he dejado llevar muy poco a lo largo de mi vida. No quiero arrepentirme en un futuro de lo que no hice, porque ya me arrepiento lo suficiente de todo aquello que pensé hacer hace años, pero que no llevé a término al dejarme influenciar y manipular por Jack. Me tenía absorbida, ¿cómo no me di cuenta? Quería hacer tantas cosas... Como por ejemplo: ir a clases de cocina, aprender a montar a caballo, aprender a esquiar, a bailar salsa y tango, visitar Bali y Argentina. También me hubiera encantado fotografiar las Cataratas del Niágara, bañarme desnuda en el mar bajo la luna llena y no estar constantemente pensando en lo que pensarán de mí. Haber probado suerte como figurante en la serie *Friends*, solo por conocer a Jennifer Aniston y sentarme en el sofá del plató de la cafetería ficticia *Central Perk*. El tiempo pasó volando. Pero el tiempo no siempre es el culpable; casi siempre somos nosotros, al dejar que pase, que vuele, que se esfume como el viento. Siempre tan ocupada... Mi hija, Jack, la casa, mis novelas... Una vida dedicada a los demás y al trabajo más que a mí misma.

No quiero que nada de eso me pase ahora. Al fin me he dado cuenta que la vida va deprisa, que el tiempo no espera a nadie y que tengo más ganas que nunca de experimentar y dejar los complejos a un lado para tratar de ser feliz. El aquí, el ahora, Ángelo y sus besos. No quiero volver a sentirme en la temida *crisis de los cuarenta.*

—¿Estás bien? —pregunta Ángelo, acariciando mi cabello—. ¿Estás aquí?

—Perdona, estaba pensando en... en el tiempo.

Sonrío y le vuelvo a besar.

Al fin sé la forma en la que acarician sus fuertes y poderosas manos, y quiero retenerla en mi memoria. Con dulzura y sentimiento. Pero también con pasión y desenfreno.

Que se detenga el tiempo. Yo me quedo aquí.

# MARK

Amy está loca. Cuánto me alegra no haber vivido con redes sociales en mi época adolescente. Creo que no lo hubiera soportado. En cuanto ha conocido a Alessandro le ha propuesto hacerse *selfies* juntos. Solo yo sé con qué intención. Y así han estado durante un buen rato. Ella sonriendo, poniendo morritos, mirando de reojo a un confuso, pero agradable Alessandro... Un tormento para el pobre chico, que ha demostrado tener clase y paciencia. Alessandro se parece a Isabella, tiene sus mismos ojos de color café. Isabella, tan sorprendida como yo, ha empezado a reírse y me ha preguntado si Amy era una de esas blogueras con influencias que no paran de hacerse *selfies* todo el día, aunque sea para promocionar un *lacasito*. *Influencers* las ha llamado. Le he explicado lo de la foto de su novio en Facebook con otra adolescente chiflada con las hormonas revueltas pero Isabella, en vez de reírse o hacer algún comentario que resultase facilón, se ha mostrado seria y comprensiva con Amy.

—Qué difícil es ser adolescente. Qué difícil cuando se está enamorado, ¿no te parece? —ha comentado con calma.

La miro fijamente y reparo en que hay algo distinto en ella que no he visto hasta ahora. En su cabello, en su piel. La tiene excesivamente seca y esta tarde ha querido mostrar su rostro tal y como es. Sin maquillaje ni artificios. Tiene ojeras. No tiene buena cara.

—Isabella, ¿todo bien? —pregunto, ahora que los chicos se han alejado un poco y no nos pueden oír.

Nos hemos visto poco y siempre durante dos horas. A las dos horas siempre se ha ido, con prisas y poniendo como excusa a Alessandro. Conocí a una joven extrovertida, valiente y alegre de quince años, pero sé que ahora me encuentro ante una desconocida de la que apenas sé nada. Y, sin embargo, no me cuesta reconocer que mi corazón late con fuerza cuando está con ella. Es una sensación agradable. Creo, incluso, que la echaba de menos.

—¿Vamos al porche? ¿Quieres una limonada?

Asiento preocupado y dejamos a la parejita haciéndose *selfies* e ignorando a los *viejos*. Tengo curiosidad por el perfil de Facebook de Amy. Quizá me acepte como amigo y pueda ver el resultado (y las consecuencias) de esas fotografías que sé que colgará en la red para que Matt y la pelirroja pecosa las vean.

También sé que se desesperará al no tener buena cobertura, pero debe aprender a tener paciencia. Tanta paciencia como la he tenido yo durante veintiocho años. Al estar junto a Isabella, entiendo que, en cierta manera, la he estado esperando toda la vida. El capullo de Mark Hope ha desaparecido. Vuelve el *chico* sensible e ingenuo, solo que unos años más viejo y algo más experimentado.

Isabella me sirve un vaso de limonada y me mira fijamente. Duda un instante y, a los pocos segundos, sin dejar de mirarme, se lleva las manos a la cabeza y, con delicadeza, se deshace de la peluca que lleva puesta. Me quedo sin palabras, un nudo se apodera de mi garganta y me gustaría no haberle dado el primer sorbo a la limonada, porque creo que voy a vomitar del disgusto. Isabella empieza a llorar y, como por inercia, la abrazo. Acaricio su nuca y observo su cabeza con apenas cuatro pelos. ¿Qué le ha pasado? ¿Qué tiene?

—Cáncer —responde, leyendo mis pensamientos y separándose un poco de mí con los ojos aún empapados en lágrimas—. Cáncer de mama en estadio cuatro.

—¿Eso qué significa? —pregunto compungido.

—Que me muero, Mark. El cáncer se ha propagado más allá de la mama y los ganglios linfáticos circundantes hacia otros órganos de mi cuerpo. A los pulmones, a los huesos... me está machacando el hígado y últimamente me duele mucho la cabeza, por lo que creo que también se ha extendido al cerebro. Es cuestión de días, semanas. Un mes, aunque lo dudo. No lo sé.

—Pero cuando viniste a casa dijiste que estarías aquí el mes de agosto, que...

—No quería contártelo, Mark —interrumpe, ladeando la cabeza y acariciando mi mejilla—. Pero necesito pedirte un favor enorme.

—Lo que sea —le digo sinceramente. Reprimo las lágrimas que no sabía que existían en mí. No lloro desde que tenía quince años y esta mujer que ahora mismo me dice que se muere, desapareció de mi vida.

—Cuida de Alessandro.

—¿Yo? ¿No hay alguien más? Me dijiste que lo habías criado solo, pero ¿no sabes quién es el padre?

Isabella niega con la cabeza y sonríe tristemente. Traga saliva, parece que tiene que hacer un gran esfuerzo para hablar.

—No sé quién es el padre de Alessandro. Me quedé embarazada de él en una época algo oscura de mi vida en la que quería pasármelo bien con unos y con otros. Me avergonzaba contarte algo así, por eso no te he dicho nada hasta ahora... Quería que siguieras teniendo una buena imagen de mí, la de aquella niña buena que, aunque tú no lo sepas, te quiso con locura cuando tenía trece años. Alessandro y yo estamos solos y pronto me iré. No tiene a nadie; mis padres murieron hace años y con mis tíos y mis primos apenas tengo relación. Sé que es raro. Sé que ha pasado mucho tiempo, que no sabemos nada el uno del otro, que en realidad no te conozco, pero quiero que Alessandro esté contigo. Cuando te vi en televisión fue una especie de señal. En ese momento me preguntaba: «¿Qué será de Alessandro? ¿Con quién se quedará?» y entonces apareciste tú en una cocina, sonriente y guapísimo como siempre. Por favor, Mark. Sé que tienes que ser tú.

—Nunca dejé de pensar en ti, Isabella. Y, a lo largo de estos años, yo tampoco he sido el tío ejemplar que imaginas.

—Lo sé. Por eso no te has casado ni has tenido hijos —sonríe—. Es algo que se puede intuir. —Me guiña un ojo. Sabe que soy un capullo—. Pero lo harás bien con Alessandro. Bueno... si quieres, claro. Creo que te estoy insistiendo demasiado, que te estoy forzando... y no quiero que te sientas en la obligación, sino que sea algo que puedas hacer desde el corazón. Él quiere estudiar cocina, ¿sabes? En Nueva York hay buenas escuelas, ¿verdad?

Asiento sin saber qué decir. Sin poder negarme a cuidar de un adolescente por el que mi inquilina se ha vuelto loca. Pero ahora este tema tampoco me preocupa demasiado. No puedo creer que Isabella tenga cáncer, que se esté muriendo y haya venido aquí para hacerlo. Después de tantos años, finalmente me voy a quedar sin la oportunidad de estar con ella. ¿A eso se le llama acumulación de mal karma? ¿Me están castigando por algo que he hecho? ¿Por haber sido un capullo durante tantos años?

—¿Puedo hacerte una pregunta? —dice coqueta—. ¿Aún sigues estando un poquito enamorado de mí?

Empieza a reír y se ruboriza. Me parece encantadora y, a pesar de las circunstancias, más guapa que nunca. No veo a una mujer deshecha por el cáncer, sino a una mujer con la esperanza de que su hijo tenga una buena vida junto a un tipo al que no conoce, pero del que, aun así, se fía. Por los viejos tiempos. Por lo que nos unió aquel mágico verano, más especial incluso de lo que recordaba. «Allí donde has sido feliz, nunca debes tratar de volver», decía una canción. Y, sin embargo, Isabella ha venido a pasar los últimos días de su vida aquí, en el lugar en el que fue feliz conmigo, con la esperanza de encontrarme y confiarme a la persona que más quiere en este mundo.

—Si supieras cómo has cambiado mi vida en cinco días, Isabella. Como lo hiciste aquel verano.

—Voy a poner tu vida patas arriba, Mark. ¿Quién hace eso cuando se muere?

Es valiente y segura de sí misma. No tiene miedo a morir, solo piensa en el bien de su hijo.

—Solo tú. Cuidaré de Alessandro —le garantizo—, pasaré este tiempo conociéndolo mejor y tendrá una buena vida en Nueva York. Te lo prometo. Además, en el fondo siempre quise ser padre. Pero no se lo comentes a nadie, perdería la reputación de capullo que me he forjado todos estos años —explico, con una triste y forzada sonrisa—. Sobre el amor... sí, podría decirte que estoy enamorado de ti. Pero ha pasado tanto tiempo, que ni siquiera sé si eso es verdad. O si estoy enamorado del recuerdo, ¿sabes?

—Es eso, Mark. Estás enamorado del recuerdo, igual que yo. Somos dos desconocidos, yo una moribunda y tú un hombre genial de cuarenta y tres años con toda la vida por delante, al que le estoy pidiendo algo tremendamente importante y ha aceptado. Algo que cambiará tu vida y no sé si estoy en el derecho de hacerlo, pero...

—Alessandro estará bien —la interrumpo—. No tienes de qué preocuparte.

Asiente. Le da un sorbo a su limonada y vuelve a llorar.

Enamorarse de un recuerdo. Volver a los lugares en los que fuiste feliz. Olvidar lo superficial de la vida y centrarte en lo que realmente importa.

En estos momentos me importa una mierda mi reputación como chef, la maldita crítica gastronómica del idiota de John Logan y la originalidad de un nuevo plato que ya no me interesa crear. He desperdiciado muchos años de mi vida por labrarme una seguridad y una fama mundial como chef. Ahora quiero vivir. Por el enamoramiento de un recuerdo y por la responsabilidad que se me viene encima, al tener que cuidar durante el resto de mi vida a un chico al que acabo de conocer y que proviene de la única mujer que ocupó mi corazón hace años.

Si mi «yo del futuro» me lo hubiera advertido hace un año, le hubiese dicho que estaba loco.

Vuelvo a abrazar a Isabella y le doy un cariñoso e inocente beso en los labios.

A lo lejos, escucho la risa histérica de Amy. Y, a continuación, un «Ohhhh» que se me clava muy dentro. Alessandro y Amy están cuchicheando y sé que el joven está llorando al igual que su madre. Amy al fin se calla. La escena debe haberla dejado aturdida.

# CAPÍTULO 7

## MARK

"Me perdí en su mirada, es que el color de sus ojos me encantaba; no eran ni azules, ni verdes. Eran color café, café que quita el sueño, café que produce desvelos".

**A**my da vueltas por la cocina. Abre armarios y cajones para encontrar los ingredientes perfectos de las tortitas de mozzarella que se ha empeñado en preparar a las ocho de la tarde, al haber visto la receta en un vídeo de Instagram. Ni siquiera soy capaz de estar atento a sus lamentos al confirmarme su ruptura con Matt, al que le ha molestado ver las fotografías de ella con Alessandro desde Nueva York.

—Que se fastidie. Me ha puesto los cuernos, ¿qué pensaba? ¿Que no iba a encontrar a otro?

Sé que habla del tema para evitar mencionar a Isabella y su enfermedad. Yo, sentado en el taburete, la miro sin verla realmente.

—Chef, no te agobies, ¿vale? Así es la vida.

—Chica dura.

—Pero a ver, ¿cuántos años hace que no la veías? —pregunta, cruzándose de brazos.

—La friolera de veintiocho años.

—¿Y sigues enamorado de ella después de tanto tiempo?

Niego con la cabeza y me encojo de hombros. Soy un amasijo de nervios, estoy hecho un lío. Hablar de amor con una adolescente chiflada. ¿Quién me lo iba a decir hace unos días? ¿Cómo la vida puede cambiar así, tan de repente?

—Entonces... Alessandro irá a vivir contigo a Nueva York si...

—Sí, vendrá conmigo. Y no es una probabilidad que Isabella muera. Es una realidad.

—Todos nos morimos, Mark —dice Amy con frialdad.

—¿Y no te importa? O sea, si mañana tu madre te dijera que se muere, ¿no te importaría?

—Sí, claro que me importaría, solo es que...

Se detiene y me mira fijamente. Se acerca un poco a mí y me rodea con su delgaducho brazo.

—Chef, lo siento mucho. De verdad. Y me gustaría que me contaras algo de aquel verano con Isabella.

Sonrío y solo puedo imaginarme años más joven con ella. Hay imágenes que vienen y van a modo flashback: jugando en la piscina, sentados bajo el sauce llorón a contemplar las estrellas o paseando al atardecer por el campo y deteniéndonos a cada paso para besarnos. Hablábamos de la vida, de lo que queríamos ser *cuando fuéramos mayores*; de nuestras aspiraciones e incluso de cómo sería nuestra boda y de cuántos hijos íbamos a tener. En las profundidades del bosque, a unos minutos de Montepulciano, aún debe estar "nuestro árbol". Una tarde, Isabella cogió una navaja de su padre y grabó, con toda la fuerza de la que fue capaz, nuestras iniciales: «I & M». «Queda bonito, ¿verdad? —me preguntó—. Así siempre estaremos juntos y, si algún día no lo estamos, solo tenemos que venir aquí y nos encontraremos», prometió una joven y entusiasta Isabella. Fue muy bonito. Recuerdos que creía no tener y que se acumulan para dejarme aún más hecho polvo y demostrarlo sin miedo o vergüenza ante la loca adolescente de Amy.

—Fue un verano especial. Posiblemente el mejor de mi vida —empiezo a explicarle—. En cuanto vi a Isabella supe que cambiaría mi vida para siempre. Había veraneado aquí desde que era un niño, pero no la conocí hasta el verano de 1987. Ella tenía trece años y yo quince. Ella iba con sus amigas y yo con mis amigos. Los chicos siempre separados de las chicas, pero era una edad en la que queríamos descubrir qué era eso del amor, el sexo, los besos... ya sabes. Eran otros tiempos. Fueron dos meses intensos repletos de palabras inocentes. Aunque no lo creas, yo por aquel entonces era un inexperto en todo, pero era un buen chico. Sensible, generoso... fue lo que le gustó de mí. Y, aunque me costó un poco conquistarla, nos enamoramos como dos locos... al menos eso creo. —Me detengo y miro hacia el techo—. Sí, con seguridad puedo decir que nos enamoramos como dos locos.

»Bailábamos muy arrimados el uno al otro en cualquier lugar, aunque no sonara la música. Nuestro momento preferido del día era la noche en la que, desde las colinas, podían verse las estrellas y una luna gigantesca. Hablábamos con solo mirarnos y, si el día tiene veinticuatro horas, nos asegurábamos de dormir poco para no perder el tiempo y así aprovechar cada segundo de aquel verano para estar juntos. Luego yo me fui a Nueva York y nos escribimos muchas cartas. Pero al cabo de unos meses, sus padres vendieron la casa de Montepulciano y se trasladaron a vivir a Florencia. No volvió a escribirme y yo nunca conseguí su nueva dirección. No volvimos a vernos hasta hace cinco días. Supongo que nunca la olvidé y ese capítulo de mi vida me dolió tanto, que preferí no volver a enamorarme nunca más de ninguna mujer. Y así me ha ido. No me he casado, no he tenido hijos... no le he abierto mi corazón a nadie por miedo a volver a sufrir. Me centré en el trabajo y nada más.

—Chef, no creía que fueras tan sensible. Si se la cuentas a mi madre te escribe la novela.

Sonrío. No esperaba un comentario inteligente por su parte, ni tampoco consuelo. Me basta con verla entretenida con sus nuevas tortitas de mozzarella en mis fogones, sin importarme lo más mínimo no ser yo quien esté cocinando.

A las nueve llega Alice. Feliz y radiante, con las mejillas sonrosadas, hay un brillo especial en su mirada.

—¡Hola! ¿Cómo ha ido el día? —pregunta, sin que de su rostro pueda desaparecer la amplia sonrisa con la que ha llegado.

Ambos la miramos sin saber exactamente qué decirle. Así que se encoge de hombros y sube al piso de arriba para, seguramente, pasarse lo que queda del día encerrada en su dormitorio para seguir escribiendo su próxima novela romántica.

—Esta se ha follado al italiano —murmura Amy.

Instintivamente, miro fugazmente las escaleras por las que Alice ha subido hace un momento y, sin saber por qué, reprimo mis ganas de ir a casa de Ángelo y meterle una paliza. Sé cómo acabará esto. Sé que mi inquilina volverá a Nueva York con el corazón destrozado.

# ALICE

"Cuando encuentres algo
que te haga feliz, no te preocupes
por lo que diga la gente.
Bastante difícil es encontrarlo".

**M**ás de un año sin hacer el amor, más de un año sin sentir el calor de otros brazos y las caricias apasionadas de unas manos masculinas y experimentadas. Más de un año y al fin... ¡Ha pasado! He hecho el amor con Ángelo y ha sido increíblemente inspirador para las siguientes páginas de mi novela. En fin, no lo he hecho solo por buscar la inspiración, sino para pasarlo bien. Me siento más viva que nunca, atractiva al fin a mis cuarenta años, después de que mi hija me hiciera sentir complejos por una edad que es maravillosa si así nos lo proponemos. Pensamiento positivo, y a vivir.

Se me da muy mal disimular. Al entrar por la puerta, he visto a Amy muy centrada en el plato que estaba preparando (me temo que tortitas), y Mark tenía el rostro desencajado. Ni siquiera me han saludado, así que he decidido "esconderme" en mi dormitorio, el único lugar de la casa en el que encuentro un poco de intimidad y paz. Enciendo el ordenador y me dispongo a iniciar el capítulo veintitrés de mi novela. Una historia en la que un Ángelo algo más perfecto de lo que es en realidad, es el protagonista único e indiscutible, que le roba el corazón a una americana en la terraza de un bar en un rincón de la bella Toscana.

He hablado con Cindy. Está entusiasmada con la nueva novela a la que ella misma ha titulado: *Un amor en la Toscana*. Yo me decantaba por algo menos empalagoso como *En un rincón de La Toscana* o similar, pero ella se ha empeñado en colocar la palabra «Amor» en el título. No puedo negarme a las órdenes y decisiones de mi agente literaria. Al fin y al cabo, ella es la experta en marketing y en saber cómo venderla y yo una simple obrera. Por supuesto, también ha dicho: «¿Ves? ¡Te lo dije! Te dije que encontrarías la inspiración en Italia. ¡Cuánto me alegra que me hicieras caso!» y, tras un breve silencio, ha preguntado: «¿Tiene algo que ver mi hermano en todo esto?» Le he dicho que no y al hablarle de Ángelo, el silencio ha vuelto a invadir la línea telefónica. No me ha dicho un: «No te enamores de él» como hizo su hermano la primera noche en la que nos vio juntos; pero su silencio venía a decir lo mismo. Lo sé, lo sé... mi comportamiento es el de una quinceañera y soy consciente de que Ángelo es un ligón italiano al que le da igual una de cuarenta que una de veinte, le he dicho; una americana o una francesa. Pero es mi vida, ¿no? Puedo hacer lo que me dé la gana con ella, soy libre. Al fin libre. Pero en el fondo, quisiera que la realidad fuera otra muy distinta y que Ángelo decidiera al fin sentar cabeza. Conmigo. Solo conmigo. ¿Cuántas lo habrán pensado antes que yo y habrán acabado con el corazón roto? ¿Cuántas? Maldita manía la de engañarnos a nosotros mismos en cuestiones del corazón.

Dos golpes secos en la puerta del dormitorio me desconcentran.

—Adelante —digo, pensando que se trata de mi hija, sin apartar la vista de la pantalla del ordenador.

—Hola.

Me sorprendo al ver que es Mark y no Amy tal y como esperaba. Claro que, por otro lado, a Amy nunca se le hubiera ocurrido tocar a la puerta antes de entrar. Ella es más directa, menos elegante, más bruta.

—¿Recuerdas que tenemos una cata de vino pendiente? —pregunta amigablemente.

—¿Desde cuándo eres tan amable, Mark?

Me sorprende. Y me confunde. Cuando llegamos hace cinco días, pensé que su comportamiento sería el mismo durante todo el tiempo que decidiéramos quedarnos en la Toscana. Arisco, seco, insufrible, estúpido y, desde luego, muy poco cordial. Chulesco como la primera vez que lo vi en su propio restaurante y pensó que su cita era la joven morena que estaba sentada a mi lado. Lo siento, pero soy rencorosa y se me da mal olvidar algo que lamentablemente me marcó aunque nunca lo llegaré a reconocer.

—Tu hija es un encanto.

Se empieza a reír y, con total confianza, se sienta en el borde de la cama. Lo miro con las cejas arqueadas, esperando a que diga algo y deje de mirar lo que estoy escribiendo.

—Tú eres un maniático con tu cocina y yo con mi ordenador. Por favor, no leas —le ordeno, bajando un poco la pantalla del portátil para que deje de mirar.

—Oh, lo siento.

—¿Así que cata de vino? Si quieres, puedo mañana. Ángelo tiene un par de rutas a caballo y no podrá quedar.

—Ángelo... —Suspira—. ¿Has estado con él?

—Sí.

—Ya...

—No voy a contarte nada de mis encuentros con Ángelo —le interrumpo.

—Tampoco quería que lo hicieras.

Baja la mirada y se levanta de la cama. Hay algo en él distinto; ha dejado de ser el capullo que conocí en tiempo récord. ¿O solo es una sensación?

—¿Te pasa algo? —le pregunto.

Parece que intenta reprimir las lágrimas. Se muerde el labio inferior y niega con la cabeza; creo ver un temblor en su barbilla que me desconcierta. Parece un niño débil e indefenso con el que reprimo mis ganas de abrazarlo y decirle que todo irá bien.

—¿Seguro?

—Todo irá bien —se apresura a decir él.

Me guiña un ojo y se larga dejándome con mil preguntas en la cabeza y la idea de un nuevo personaje en la historia inspirado en la bipolaridad de un popular chef al que una mala crítica parece haberle trastornado.

## Cambio de planes

**S**on las once de la noche cuando escucho los pasos enérgicos de mi hija subiendo por las escaleras. Abre la puerta de su dormitorio y da un portazo para no perder la costumbre. Decido ir a verla, aunque me mande a la mierda.

—¿Se puede? —pregunto.

—Claro.

Me siento en el borde de la cama y retiro una mota de polvo que hay en la mesita de noche, no vaya a ser que le dé alergia y se me ponga enferma.

—¿Qué tal? Pasas mucho tiempo con Mark.

—Es un tío genial.

—¿A él no lo llamas *viejo*? —me río.

—Uy sí, a cada momento. Pero no se lo toma tan mal como tú.

—¿Qué le pasa?

Amy no me cuenta sus cosas, pero le encanta contarme las de los demás.

—¿Qué quieres que le pase? —disimula.

Esto sí que es raro.

—Algo le pasa, cuéntamelo.

—No, mamá. No seas pesada.

—¿Tengo que sobornarte con algo?

—No. Estoy madurando.

¡Lo que me faltaba! ¡Qué inoportuna es para todo!

—Si se lo pregunto a él, ¿crees que me lo contará?

—Es muy fuerte lo que le ha pasado, mamá. Muy fuerte, no imaginas cuánto.

—¿Es sobre trabajo?

—Creo que eso ya se le ha olvidado.

—¿Entonces?

Empiezo a desesperarme, pero Amy hace el gesto de sellarse los labios y tirar la llave al fondo del mar. No me va a contar nada de lo que le ha pasado a Mark y siento curiosidad. Mucha curiosidad. Extrañamente demasiada.

—Iré a preguntárselo.

—Creo que está en el porche con una copita de whisky.

Antes de que pueda levantarme, Amy me coge del brazo y me detiene.

—Te quiero mamá —dice emocionada.

Estoy a punto de llorar. No me lo decía desde que tenía siete años. Asiento y, como si estuviera en el mejor de mis sueños, le digo:

—Yo también, cariño. Mucho.

—Por cierto, mañana probarás mis nuevas tortitas de mozzarella, ¿vale? A Mark le han encantado, menudo descubrimiento. ¡Para que luego digan que las redes sociales no sirven para nada! Vi la receta en Instagram —comenta orgullosa.

—Le has provocado una indigestión, ¿verdad? ¿Eso es lo que le pasa?

—No bromees, mamá... en serio. No lo hagas. Solo necesita a alguien que le escuche y que le permita ser él mismo. Que no lo tachen de capullo.

No puedo creer que estas palabras hayan salido de la boca de mi cruel hija adolescente. Puede que sí esté madurando. Puede que los aires de la Toscana y el hecho de no pasarse el día frente a la pantallita de su teléfono móvil, la hayan convertido en una persona mejor. En alguien coherente y con principios. En el inicio de la mujer que será algún día y que merecerá la pena conocer.


Bajo las escaleras y veo la gran puerta de madera de la entrada entreabierta. El porche delantero de la casa, alumbrado por un débil farolillo, me muestra a un Mark decaído con una copa de whisky en la mano. Ni siquiera se ha dado cuenta de mi presencia. Con la mirada fija en el cielo, tiene los labios apretados, en tensión. Sus dedos recorren el respaldo de la silla de madera acolchada con unos cojines blancos. Su cabello está alborotado y la arreglada barba que lucía hace unos días, parece haberla descuidado por completo. Me encuentro ante un Mark deshecho, muy diferente al que recuerdo de hace tan solo unos días, y pienso en lo mucho que me atrajo cuando lo vi entrar por la puerta de su restaurante hace tan solo unas semanas en la otra punta del mundo.

—Hola —le saludo.

—¿Vas a salir? —pregunta—. ¿Con Ángelo?

Noto cierto recelo al mencionar a Ángelo. Niego con la cabeza sonriendo y me siento en la silla balancín que hay al lado. Juego un poco con mi pelo ante su atenta mirada y, al igual que hacía él instantes antes, contemplo el cielo. Un cielo estrellado impresionante que nos regala el idílico rinconcito de la Toscana.

—Amy no ha querido contarme nada, pero sé que te pasa algo.

—¿Y por qué debería contártelo? Nunca estás en casa y parece que no quieras pasar tiempo conmigo o con tu hija. Que no quieras conocerme ni tener al fin esa cita conmigo —explica sonriendo.

«¡Lo que me faltaba! Va borracho.»

—¿Esa cita? ¿Crees que después de haberme ignorado aquella noche voy a darte una segunda oportunidad? —río yo.

—Era broma.

El tiempo me ha enseñado que este tipo de bromas ocultan un poquito de verdad.

—¿Me lo vas a contar? ¿Necesitas hablar?

Me mira fijamente a los ojos y se encoge de hombros.

—Con una condición. Que mañana vayamos a tomar esos vinos y te olvidas de Ángelo al menos por unas horas.

—¿Por qué esa manía con Ángelo? ¡Dios! Soy mayorcita, sé lo que hago. Sé que es un rompecorazones, el típico italiano que hoy está conmigo y mañana quién sabe... no me lo tomo como algo serio, créeme.

Suspira aliviado y sabe perfectamente que miento. Me miento a mí misma como una bellaca. Pero se limita a volver a sonreír de esa manera en la que sabe que puede conquistar a todo un ejército de mujeres si así se lo propone.

—¿Tuviste un amor de verano, Alice?

—Sí, como la mayoría.

—No, como la mayoría no. No todos tienen la suerte de vivir un amor de verano, ¿sabes?

—Casi todas las personas que conozco han vivido un amor de verano.

—¿Cuál fue el tuyo? —quiere saber.

—Se llamaba Thomas. Lo nuestro duró una semana, en un camping de Colorado —respondo con una sonrisa. Mark es, curiosamente, la primera persona que conoce la existencia de mi amor de verano.

—El mío se llama Isabella y, después de veintiocho años, la he vuelto a ver. Solo que tiene cáncer y se muere. Desconoce quién es el padre de su hijo de diecisiete años y me ha hecho prometerle que, cuando ella muera, él vendrá conmigo a Nueva York; que ejerceré de su padre.

Se me ha quedado cara de idiota. No sé qué decir, no sé cómo reaccionar. Ni siquiera sé qué pensar o cómo asimilar tanta información de golpe. Puedo entender por qué mi hija me ha dicho por primera vez en mucho tiempo que me quiere. Por la situación que vive ese chico, Alessandro, al que ya conoce. Porque no querría ser ella quien perdiera a su madre de esta forma.

—Un poco fuerte, ¿verdad? —dice, dándole un sorbo a su whisky.

—Dios mío, pobre mujer —me lamento, tratando de encontrar las palabras adecuadas que puedan mitigar el dolor que siente Mark ahora mismo—. Pero ¿hay algo entre vosotros?

Niega con la cabeza.

—Al verla pensé que sí podría haber algo. Que había vuelto, que en realidad no me había comprometido con nadie porque la había estado esperando durante toda mi vida. Desde siempre creí que Isabella era la única mujer de la que había estado enamorado de verdad, pero ¿sabes de lo que me he dado cuenta? Que el amor es una palabra muy confusa, inexistente en ocasiones. Creemos que la atracción física o el aprecio hacia una persona es amor porque tenemos la necesidad de estar acompañados, de sentirnos queridos. No estoy enamorado de ella, solo del recuerdo del que fue el mejor verano de mi vida. ¿Te has enamorado alguna vez de un recuerdo?

En estos momentos solo me viene uno a la cabeza: el momento en el que nació Amy. El primer momento en el que vi su carita, le besé la frente y me embriagué de su aroma a bebé. «Bienvenida al mundo, pequeña», le dije, envuelta en el amor más grande y profundo. Sí, sé lo que es estar enamorada de un recuerdo, de una vivencia, de un momento del pasado.

—Entiendo lo que quieres decir. ¿Qué vas a hacer? ¿Quieres estar con ella hasta el final?

—No, no se trata de nada romántico, Alice. Me he comprometido a cuidar de Alessandro cuando ella muera, aunque dentro de un año será mayor de edad. Isabella está bien situada, le dejará una buena herencia y, probablemente, el chico no quiera saber nada de mí en cuanto se dé cuenta que seré un padre horrible —se lamenta—. Quiero estar con ella, claro. Lo peor de todo, es que sé que ha venido hasta aquí a morir.

—Qué triste... —murmuro, llevándome la mano a la boca.

—Muy triste. Pero así es la vida... tal y como dice tu hija, todos tenemos que morir algún día.

—Una experta en estos asuntos... —«Menuda manera de querer consolarlo—pienso—. Aunque yo no tengo una manera mejor. ¿Qué más le puedo decir? Piensa, piensa...»—: Por cierto, serás un padre genial. Amy está encantada contigo y te aseguro que odia a una gran parte de la humanidad. Es raro que alguien le caiga tan bien como lo has hecho tú desde el principio.

—Tiene un carácter peculiar, me gusta. Por cierto, las tortitas de mozzarella que ha preparado hoy estaban deliciosas. Tienes que probarlas.

—No me lo dirás para que coja una indigestión, ¿verdad?

Empieza a reír. Eso era lo que quería conseguir desde el momento en el que lo he visto desde el umbral de la puerta. Hacerle reír.

—Y me alegra que sepas el tipo de hombre que es Ángelo —comenta—. Tienes los pies en el suelo, escritora de novelas románticas.

—A estas alturas de mi vida es bastante complicado que alguien me rompa el corazón, Mark.

No dice nada. Sabe tan bien como yo que el corazón está expuesto a todo tipo de suturas en cualquier momento de nuestra vida, aunque parezca que ya nada nos puede sorprender. Que es muy triste sentir que estás de vuelta de todo y que, por miedo a sufrir, trates de usar más la cabeza que el corazón.

—Me voy a dormir —dice, dejando la copa de whisky vacía sobre el respaldo de la silla—. Mañana será otro día.

—Descansa, Mark.

—Igualmente, Alice. No te quedes escribiendo hasta muy tarde.

Pero al subir y enfrascarme de nuevo en mi historia, no puedo evitar trabajar hasta las cuatro de la madrugada. Estoy satisfecha con mi nueva novela y con la introducción de un personaje masculino que al principio parece algo que luego resulta no ser. De desagradable, mezquino, arrogante, insufrible, capullo e idiota; pasa a ser un hombre sensible, generoso, de sonrisa amable y palabras sabias. Un hombre por el que la protagonista se vuelve loca, aunque en un principio intente ignorar estos sentimientos hacia él. Porque da miedo enamorarse de alguien que ya lo está, aunque solo sea de un recuerdo.

# CAPÍTULO 8

## MARK

"Que la vida es más bonita
si te miro de reojo
y te pillo mirando".

Alice me ha sorprendido gratamente.

Se quedó escribiendo hasta tarde, algo que ya intuí que haría cuando le di las buenas noches. También sé que fue así, porque dejé de escuchar el sonido de las teclas de su ordenador a las cuatro de la madrugada. Yo no podía dormir. Pero, aun así, hoy a las ocho ya estaba en pie conmigo en la cocina. Desde que se enteró, anoche, de lo de Isabella y parece que al fin "nos caemos bien" y nos toleramos dejando atrás una desastrosa no-cita, es como si no quisiera dejarme solo. Como si supiera que necesito a alguien con quien hablar para no torturarme con el asunto. Es de agradecer.

—¿Dónde me vas a llevar? —pregunta entusiasmada.

—A los mejores bares de Montepulciano —le prometo, sirviéndole una taza de café.

—No me emborraches mucho —dice riendo.

—Esta tarde iré a casa de Isabella para pasar un rato con Alessandro. ¿Quieres venir?

Duda un instante, pero asiente con una sonrisa forzada.

—No estás obligada.

También temo que me utilice de inspiración para su historia. Que al leerla me vea reflejado en ella o algo por el estilo. O, lo que es peor, ver reflejada a Isabella y su terrible situación. Siempre me he preguntado qué es lo que pasa por la mente de un escritor y de un psicólogo cuando le cuentas tus historias. Qué es lo que piensan realmente, si te están analizando o utilizando para un estudio sociológico.

—Quiero conocer a Isabella —asiente con seguridad.

—Te caerá bien, es una mujer excepcional.

—Creo que llevas el asunto con mucha fuerza, Mark.

—No me queda otro remedio, qué le voy a hacer... Aún no me lo acabo de creer del todo, puede que sea por eso.

—Si Thomas, el chico del que te hablé, apareciera ahora en mi vida después de tantos años y me pusiera en esa situación, no sé cómo reaccionaría. No sé qué haría.

—Te echarías a sus brazos como buena romántica que eres.

—¿Por qué crees que soy una romántica?

—Porque escribes sobre el tema, ¿no?

—No hay que ser una romántica empedernida para escribir novelas románticas, Mark. Solo dejar que las historias te guíen, fluyan y que los personajes te hablen a medida que avanza el argumento. Nada más.

—No estarás aprovechando mi historia para inspirarte, ¿verdad?

Al fin he visto el momento perfecto para sacar el tema.

—No, la historia ya está empezada, así que... Tal vez para otra novela.

Me guiña un ojo y me fijo en lo bonita que es su sonrisa. ¿En qué estaría pensando aquella noche, fijándome en la morena que estaba sentada a su lado en vez de en ella? ¿Por qué no busqué su nombre en internet para conocer su rostro? ¿Por qué la cagué de esa manera? Cindy tenía razón. Alice es una mujer encantadora y me alegra que la hubiera puesto en mi camino. Seguramente no llevaría tan bien el tema de Isabella y su hijo si Alice y Amy no estuvieran en casa.

—¿Cómo llevas la novela? Cindy te ha presionado mucho, ¿verdad?

—Solo me amenazó con que si no tenía una nueva novela, romperíamos mi contrato editorial —dice riendo—, pero lo llevo bien. Avanza a pasos agigantados. ¿Y tú cómo llevas lo de la crítica?

—Como imaginarás, ahora es lo que menos me preocupa. He estado hablando con los encargados de mis restaurantes y, aunque ha afectado en el trabajo, seguimos ganando dinero. No hay de qué preocuparse.

—¿Tanto puede afectar una sola crítica?

—Sí, si es viniendo de John Logan. Es el crítico gastronómico más influyente del país.

—¿Sabes? Cuando veo que una novela está mal valorada o muy criticada, la leo. Tengo curiosidad por ella. Lo mismo puede pasar en el negocio de la restauración.

—No si dicen que el cuarto de baño está sucio y que es probable que haya ratas correteando por la cocina.

—¿Eso escribió? —pregunta, con los ojos excesivamente abiertos.

—No con esas palabras, pero sí lo insinuó.

—Menudo cabrón.

—Tú lo has dicho.

Amy entra en la cocina mirándonos con curiosidad.

—¿Tortitas de mozzarella? —sugiere.

—Cuidado con el azúcar —le advierto.

—¡Sí, chef!

Le sonríe a su madre; algo ha cambiado entre las dos. Supongo que, por muy dura que parezca la chiflada adolescente, algo ha debido recapacitar al enterarse de la enfermedad de Isabella y lo solo que dejará a Alessandro cuando ya no esté. Es una lástima, pero a veces hay que experimentar este tipo de situaciones crueles en la vida o vivirlas de cerca, para darte cuenta y valorar lo que tienes a tu lado.

Amy prepara las tortitas con entusiasmo, mientras yo miro de reojo a Alice. Me gusta la manera que tiene de mirar a su hija y vuelvo a pensar en Alessandro. ¿Lo miraré así algún día? ¿Él llegará a considerarme un padre con el paso del tiempo? He pensado mucho en cómo debe sentirse Isabella al dejarlo solo y al saber que su muerte es inminente, pero no en cómo se siente el chico. Tengo ganas de que pasen las horas y poder hablar a solas con él, aunque no sé exactamente qué le diré o cómo iniciar un tema de conversación que me tiene obsesionado.

## ALICE

Amy decide no acompañarnos en nuestro paseo por Montepulciano. Dice que, con el calor que hace, prefiere darse un baño en la piscina y disfrutar de la casa para ella sola. La imagino sentada bajo el sauce llorón durante horas en busca de cobertura para tener una buena conexión a sus redes sociales y presumir de piscina y paisajes que, sus amigos, desde Nueva York o cualquier camping en el desierto, envidiarán.

Mark conduce hasta el pueblo y, nada más llegar, recorremos sus calles empedradas hasta la *Piazza Grande*. Bajamos por el callejón *Vía del Teatro* y entramos en la *Cantina Contucci,* que puede presumir de una buena fama en cuanto a cata de vinos se refiere.

Mark parece conocer al propietario y ambos empiezan a hablar en italiano. Nos ofrece un par de copas de vino tinto que saboreo con gusto, y nos adentramos en la bodega. Siento frío entre sus paredes de piedra y no entiendo nada de lo que hablan, así que me limito a beber y a mirar a mi alrededor sabiendo que, tras los grandes barriles de madera, se ocultan una gran variedad de vinos de una calidad extraordinaria.

Al salir, Mark parece desanimado.

—No sabía que dominabas tan bien el italiano — le digo sonriendo.

—Siento no haberte involucrado en la conversación, Alice —dice, cruzándose de brazos—. Hemos estado hablando de Isabella. Gianclaudio no sabía nada de su enfermedad y le ha apenado mucho. Era muy amigo de su padre.

—Oh...

—Estoy estropeando nuestra cita.

Sonríe. Me resulta encantador. Me enternece.

—Repito. Esto no es una cita. No te voy a dar ni una cita más, Hope.

—¿Aún no me has perdonado?

—Perdonar, sí. Olvidar, nunca.

Le guiño un ojo y, cuando seguimos caminando, pasamos por delante de la cafetería en la que conocí a Ángelo. No puedo evitar dirigir la mirada hasta el lugar. Siempre he tenido la mala costumbre de deleitarme con los lugares que me traen buenos recuerdos. Maldita la hora. Ángelo me mintió al decirme que estaría ocupado con sus rutas a caballo, para sustituirme por otra rubia de ojos claros que, sentada a su lado, le profiere todo tipo de gestos cariñosos. Él coquetea, le sonríe y le acaricia el rostro. Parece americana, debe tener unos treinta y pocos años. Ayer estaba conmigo y yo tenía las mejillas sonrosadas de felicidad y emoción. Hoy está con ella y mis mejillas arden de una furia que trato de controlar por la presencia de Mark.

Mark se queda tan patidifuso como yo, observando la escena desde una discreta distancia y, sin saber qué hacer o qué decir, me coge del brazo con la intención de que nos alejemos del lugar.

—No, tranquilo. —Le miro y sonrío traviesa—. Vamos a jugar un rato.

Se encoge de hombros, suspira y entrelazo mis dedos con los suyos. No lo estoy mirando a él, pero sé que mi gesto, aunque no lo ha rechazado, le extraña y tal vez le incomoda.

—Vamos.

Obediente, Mark me sigue y nos sentamos al lado de donde está Ángelo con la rubia. Aún no ha reparado en mi presencia, pero lo hará en tres, dos, uno...

—¿Qué les pongo? —pregunta el camarero.

Dirijo mi mirada hacia Ángelo, que frunce el ceño al ver mis dedos entrelazados con los de Mark sobre la mesa.

—Vino tinto, por favor —pido en italiano. Algo voy aprendiendo, sobre todo si tengo que pedir alcohol.

Mark se encoge de hombros, el pobre no sabe ni hacia dónde mirar. Una parte de mí se siente mal al estar utilizándolo.

Palpo el nerviosismo en Ángelo. Mueve la pierna como si de un tic nervioso se tratara, y le dice algo al oído de la inocente americana. Antes de que hagan el amago de levantarse, me dirijo hacia ellos y le planto un beso en la boca. Su acompañante se retira un poco y mira a su alrededor sonrojada. Separo mis labios de los de Ángelo y, segundos después, como si mi mano cobrara vida propia, le doy una bofetada. Siempre lo he visto en las películas y pensaba que no podía irme de este mundo sin hacerlo. Beso y bofetada, así, como quien no quiere la cosa. Solo ha faltado arrojarle vino encima, qué se le va a hacer. No todo puede ser perfecto.

—Por mentiroso. Ten cuidado con este —le advierto a la americana—, ayer estaba conmigo, hoy contigo y mañana... con otra turista ingenua más.

La rubia de treinta y pocos años, que se ha excedido tomando el sol de la Toscana, me mira con los ojos extrañamente abiertos, al igual que su boca de piñón. Ángelo aún no ha reaccionado a lo que acaba de ocurrir, y mira a Mark con el ceño fruncido. Lo más elegantemente posible y con la cabeza bien alta, vuelvo a sentarme junto a Mark y le sonrío. Me satisface ver que la rubia y Ángelo, después de unos segundos de confusión, toman caminos distintos y él, con la cabeza gacha, se aleja mirándome de reojo.

—¿Qué has hecho? —ríe Mark.

—Lo siento, de verdad que lo siento... Yo no soy así, te lo prometo —me lamento, entre divertida y avergonzada, tapándome la cara. Lo cierto es que estoy muerta de vergüenza por lo ridículo que ha debido quedar todo, pero a la vez orgullosa de haber cometido una pequeña "locura" y no haber mirado hacia otro lado.

—Ha sido genial. El camarero ha alucinado, tendrías que haber visto la cara que ha puesto.

Pensaba que me reprocharía el hecho de haberlo "utilizado" para mi venganza personal o algo por el estilo. Pero a pesar de eso, se ríe y me mira con admiración.

—Nuestra segunda cita está siendo interesante, señorita Morgan.

—Y dale. ¡No es una cita! Por cierto, ¿ya no piensas que mi hija y yo somos unas invitadas *non gratas*?

—Me pillasteis en un mal día —empieza a decir—, cuando más preocupado estaba por el tema de la crítica, los restaurantes... Ya sabes. En estos días he aprendido que todo eso no tiene importancia. Incluso que he perdido un tiempo muy valioso en el que podría haber hecho cosas muy distintas y más importantes. Si volviera a empezar lo haría todo de otra manera.

—Haber hecho cosas muy distintas... —repito, saboreando cada una de las palabras—. ¿Cómo qué? —quiero saber.

—Haber tenido hijos, por ejemplo. Veo a Amy y a pesar de ser una adolescente chiflada y es encantadora. Y tú siempre tendrás a alguien. Yo me quedaré solo. —Se detiene un momento, suspira—.

Haber sentado la cabeza, haberme enamorado de verdad. No haber sido un cabrón durante toda mi vida y no haberle dado tanta importancia a mi carrera como chef y empresario. Tendría que haber tratado mejor a las mujeres, a las personas en general. Mi prepotencia no me ha servido una mierda.

—Pero te ha ido bien. Te va bien. Al menos te has dado cuenta a tiempo, Mark.

—A tiempo... —Esboza una triste sonrisa—. Ya. —Piensa. Baja la mirada y vuelve a fijarla en mí—. He desperdiciado mi vida, Alice.

—No, no digas eso. Eres joven, Mark.

—No tanto.

—Sí. Mi hija cree que a los cuarenta somos unos vejestorios, pero ya se dará cuenta, cuando los tenga, que no es así. Nuestra vida no ha hecho más que empezar. Ahora sabemos quiénes somos realmente y qué es lo que queremos en esta vida.

—Mira, quiero enseñarte algo que ayer me hizo reflexionar.

Coge su teléfono móvil, se conecta a la red Wifi del local, y me enseña un vídeo titulado: *Vive tu sueño antes de morir*. En él aparece un hombre de color hablando con entusiasmo en medio de un gran prado con unas vistas al cielo y a las montañas impresionantes, que dice así:

«No es la muerte lo que más asusta. Es llegar al final de tu vida, solo para darte cuenta de que nunca viviste de verdad.

Se hizo un estudio en un hospital, en el que se les preguntaba a cien personas mayores a punto de morir, de dar su último respiro; cuál era el mayor arrepentimiento de su vida. Casi todos respondían que no se arrepentían de las cosas que habían hecho, sino de las cosas que NO habían hecho; de las veces que no se arriesgaron, y de los sueños que no persiguieron.

Yo te pregunto: ¿Serán tus últimas palabras "Ojalá hubiese..."?

Ey, TÚ, ¡DESPIERTA!
¿Por qué EXISTES?

La vida no es solo trabajar, esperar el fin de semana y pagar las cuentas.

Yo no sé de muchas cosas, pero esto lo tengo muy claro: cada persona en este mundo tiene un DON. Y le pido disculpas a mi comunidad, pero no puedo seguir fingiendo... Martin Luther King nunca tuvo un sueño. Ese SUEÑO lo tenía a ÉL.

La gente no elige SUEÑOS. Los sueños los eligen a ellos.

Así que mi pregunta es: ¿Tienes la valentía de aceptar al sueño que te ha elegido a ti para expresarse, o dejarás que se escape?

El otro día aprendí algo sobre los aviones que me sorprendió. Me puse a hablar con un piloto que me dijo que muchos de sus pasajeros piensan que volar es arriesgado. Pero él me confesó que el avión es mucho más peligroso cuando está en tierra. Le pregunté: «¿Por qué?» Me dijo que en tierra, el avión empieza a deteriorarse, a oxidarse, a fallar mucho más rápido que cuando está volando. Luego pensé que eso tenía sentido, porque los aviones fueron creados para VOLAR; así como las personas fueron creadas para VIVIR EL SUEÑO que llevan dentro. La mayor pérdida es, probablemente, vivir en el SUELO sin nunca llegar a DESPEGAR.

Siempre tenemos miedo de que un ladrón aparezca por la noche y nos robe todo lo que tenemos mientras estamos durmiendo. Pero hay un ladrón en tu mente que se apodera de tus sueños. Se llama DUDA. Si lo ves, llama a la policía y aleja a tus niños de él, porque él está en la búsqueda y captura de tus sueños, y ha matado más sueños que el fracaso mismo. La DUDA se disfraza y se esconde como un virus que te deja ciego y dividido, y convierte tu: "Quizás debería..." en un arma letal. Tú sabes lo que significa decir "Quizás debería...". Hay muchísima gente que dice "Quizás debería..." "Quizás debería cambiar de profesión..."; "Quizás debería sacar sobresalientes en la escuela..."; "Quizás debería ponerme en forma...". Es una simple fórmula matemática: si eres una de estas personas, entonces "quizás" obtengas los resultados que deseas.

Pero, ¿cuál es tu sueño? ¿Qué enciende tu fuego? "Quizás" deberías intentarlo. No es así, debes esforzarte con todas tus fuerzas e intentarlo con todo tu corazón. ¿Que va a ser difícil? Por supuesto que sí, no hay atajos ni caminos cortos. Te vas a caer mil veces y nadie llevará la cuenta. Pero recuerda esto: no hay montaña plana. Si quieres llegar a la cima, habrá superficies afiladas por las que tendrás que pasar. Habrá veces en las que te sentirás estresado, y otras veces en las que te sentirás deprimido. Pero déjame decirte una cosa: a Steven Spielberg lo rechazaron en la escuela de cine tres veces, pero siguió luchando por su sueño; la famosa conductora Oprah fue rechazada por los empresarios de televisión, porque decían que no encajaba con el perfil necesario, pero ella siguió luchando; los críticos decían que Beyonce no cantaba bien, y ella se deprimió, pero siguió luchando.

Los problemas y las críticas son requisitos para la grandeza. Esa es una Ley Universal y nadie se escapa de ella. La vida es dolor y esfuerzo, pero puedes elegir qué tipo de dolor atravesar: si el dolor en tu camino hacia el éxito, hacia tu sueño; o bien el dolor del arrepentimiento por no haberlo intentado jamás.

Si quieres mi consejo, no lo pienses dos veces. Se nos ha dado un DON llamado VIDA. Así que no lo desperdicies. No dejes que tu pasado te defina. Renace de las cenizas a cada momento, y atrapa tu sueño AHORA.

Algunas veces hay que arriesgarse a saltar para permitir que tus alas se abran mientras caes. Más vale que lo hagas antes de que se acabe el tiempo. Porque en la vida no hay "ensayos previos", ni prórrogas; si no utilizas el Don que se te ha dado, será un desperdicio para el mundo.

Así que piensa: ¿Qué te apasiona? ¿Qué cualidad única tienes dentro, lista para regalarla al Universo? UNI significa "único" y VERSO significa "canción". Tú eres una CANCIÓN ÚNICA. Así que sé valiente y muestra tu melodía a los demás. Canta a gritos lo que tu corazón te dicte. La vida es el escenario. No puedes retroceder el tiempo y cambiar el pasado, pero sí puedes comenzar a recorrer el camino de tu sueño HOY y crear un nuevo final.»

—Uau... Inspirador —digo emocionada, al terminar de ver el vídeo—. Me ha encantado la metáfora de los aviones.

—Es genial, ¿verdad? Este vídeo me ha hecho reflexionar sobre la vida que he llevado e incluso sobre la vida que llevaré ahora que... —Parece no poder continuar hablando. Sé lo que se siente al tener ese nudo en la garganta que te oprime y te ahoga las palabras.

—Ahora que tendrás a Alessandro contigo —termino de decir yo.

—Creo que estaré mejor cuando hable con él. No he tenido ocasión de despejar las dudas sobre lo que opina realmente.

—Prepárate para que opine que todo es una mierda.

—Juventud... —suspira sonriendo—. No entiendo por qué Isabella quiere que sea yo el que se quede con su hijo. ¿Tanto confía en mí? Hacía años que no nos veíamos, ni siquiera sabe cómo soy o quién soy realmente.

—Hace muchos años ella vio en ti algo que ha vuelto, Mark. Eso o... que está muy desesperada.

Me río, esperando que Mark haga lo mismo y no se tome a mal mi broma para romper el hielo y no hacer de una situación dramática algo mucho peor de lo que es. Me mira sorprendido y, para mi suerte, empieza a reírse también y a relajarse. Nunca hubiera dicho que fuera tan sensible.

Las horas pasan rápido al lado de Mark. Hablamos de la vida, del amor y de mi separación por la aparición de una jovencita rubia de bote. No entro en mucho detalle sobre mi matrimonio controlador con Jack; en el fondo me avergüenza reconocer que he vivido con miedo a quedarme sola durante muchos años y, por eso, he aguantado a una persona a la que sí quería, pero no soportaba. Hablamos de Amy, de cómo será realmente Alessandro y de Isabella y su recuerdo aunque aún siga con nosotros. Qué ganas tengo de conocerla... cuánto más me habla de ella, más ganas tengo de darle un abrazo. De decirle que Alessandro estará en buenas manos, de que puede irse tranquila. Soy escritora, se supone que tengo buen ojo con las personas y que sé mirar más allá de lo que dice una sonrisa o una mirada. De lo que esconden las palabras tras los gestos, o incluso de los pensamientos más oscuros y atormentados. Soy buena para analizar a una persona, aunque también me mientan como me ha sucedido con Ángelo. A veces, como en el caso del italiano conquistador, dejo que me mientan por mi propio bien o entretenimiento. Aunque duela, da igual. He disfrutado y me he sentido viva; he hecho lo que creía conveniente en el momento y lo que me apetecía realmente. Tal y como ha dicho el hombre del vídeo que he visto con Mark, no quiero terminar mis días arrepintiéndome de no haber hecho lo que quería. Y solo hay una cosa de la que sí me arrepiento: no haberle dado una oportunidad a Mark en aquella primera "no-cita" en Nueva York. No haber sido más comprensiva y haberlo enviado a freír espárragos a la primera de cambio por una confusión estúpida. «Gracias, Cindy —pienso—. Gracias.»

# CAPÍTULO 9

## ALICE

"El destino es sabio,
sabe bien a quién ponerte en el
camino, ya sea para que se quede en tu vida
o simplemente para
dejarte una gran lección".

Estoy nerviosa y no sé por qué. Mark camina a mi lado sin hablar. Amy, unos pasos más atrás, está distraída tratando de encontrar cobertura en su teléfono móvil. Estoy esperando el momento en el que una distracción la haga tropezar y caerse por el camino de tierra que nos conducirá a la casa que tiene alquilada Isabella junto a su hijo para pasar el verano. Su último verano. No sé si estoy más nerviosa por conocer a una mujer cuya muerte es inminente, o porque ha sido el gran amor de Mark. Lo miro de reojo. Dirige su mirada hacia el suelo, pero la expresión de su rostro parece estar en paz. No está nervioso, tampoco se muestra triste o estresado por la situación, por lo que le tocará vivir y por la responsabilidad que le ha caído encima a pesar de haber estado tantos años sin saber nada de Isabella. Estoy ansiosa por conocerla, mirarla directamente a los ojos y hablar con ella. Pero ¿hablar de qué? ¿De qué puedo hablar con una mujer que está a punto de morir? Tengo un defecto: la impaciencia. La impaciencia me hace decir todo lo que pienso en el momento en el que lo pienso, dándome cuenta, minutos después, que debo aprender a callar. Suelo arrepentirme de casi todo lo que digo aunque, con los años, he aprendido a controlarme un poco y mostrarme más serena al respecto. Serenidad. ¿Será así como lleva su enfermedad Isabella? ¿Es por eso que Mark está tranquilo?

Después de quince minutos caminando, vemos a lo lejos una pequeña casa de piedra con un jardín vallado repleto de amapolas y un par de árboles. A medida que nos vamos acercando, vislumbro a una mujer sentada junto a la puerta principal con un vaso de limonada. Me parece ver que nos sonríe y, finalmente, al tenerla frente a mí, no me da la sensación de estar junto a una moribunda, sino todo lo contrario. Sus ojos son del mismo color que el café.

Tienen luz propia, brillan como estrellas deseosas de ser vistas y amadas. Imagino que la preciosa melena por encima de los hombros de color negro es una peluca. Isabella es femenina y dulce. Al mirarla, entiendo los motivos por los que Mark se enamoró de ella.

Le prometí a Mark no inspirarme en Isabella para mi novela o futuras historias, pero en estos momentos sé que seguramente no podré evitar escribir sobre ella en el futuro. O en cuanto llegue a casa.

—Bienvenidos —dice Isabella, dándole un cálido abrazo a Mark.

Seguidamente me mira y me guiña un ojo. Un joven alto y atlético muy parecido a Isabella aparece en escena por la puerta principal de la encantadora casa, y mi hija deja de mirar la pantalla de su teléfono móvil para acercarse precipitadamente a él. Debe ser Alessandro.

—Isabella, quiero presentarte a Alice.

—Alice —repite Isabella suspirando—. ¿Puedo darte un abrazo?

Su pregunta me sorprende, su comportamiento me extraña. Es como si estuviéramos demasiado acostumbrados a la frialdad humana. Asiento y accedo al abrazo, feliz de estar aquí y de conocerla.

—Gracias —dice segundos después, apartándose un poco de mí—. Mark me ha dicho que eres escritora. Cuando no nos oiga nadie, te cuento una historia. Quizá te inspire.

—Me encantaría, Isabella —respondo sinceramente.

—No te fíes, Isabella —ríe Mark.

—Solo hay que mirar fijamente a los ojos de una persona para saber si puedes fiarte de ella o no, Mark. Y de Alice me puedo fiar. —Vuelve a guiñarme un ojo y me da un toquecito en el hombro—. Sentaos —nos ofrece amablemente, señalando las sillas del jardín—. Voy a por un poco de limonada.

Mark y yo obedecemos a Isabella y nos sentamos a la espera de nuestra limonada. Amy y Alessandro hace rato que han desaparecido, pero no me preocupa lo más mínimo.

—Me temo que Amy no me dejará a Alessandro ni un ratito —ríe Mark.

—Seguramente. Es muy guapo, se parece a su madre.

—¿Verdad que es especial? Isabella, me refiero.

—Muy... ¿Espiritual?

—Bueno, creo que eso es efecto de las pastillas —responde, tratando de darle un toque de humor al asunto, aunque a ninguno de los dos nos hace gracia.

—¡Ya estoy aquí!

Isabella mueve las caderas a modo de danza antes de servirnos nuestros vasos de limonada. Se sienta y me mira; a continuación mira a Mark y, seguidamente, al cielo.

—Es una tarde preciosa y me alegra que estéis aquí. ¿Sois pareja? —pregunta divertida.

—No, Isabella. Ya sabes que no —responde seriamente Mark.

—Pero lo seréis —augura Isabella, con una media sonrisa—. Por mí no tienes que preocuparte, Alice. Me estoy muriendo, aunque probablemente eso ya lo sabes. —Su voz adquiere, repentinamente, un tono de frustración. Noto en su mirada un ápice de celos hacia mí. Puedo entenderlo y, de hecho, lo ignoro—. De todas maneras —sigue diciendo—, Mark y yo ya hablamos al respecto. Estamos enamorados del recuerdo que tenemos el uno del otro, eso es todo. Solo quería aclararlo, para que no hayan confusiones.

—Isabella, no pasa nada —dice Mark.

—Lo sé, lo sé... ¿Qué va a pasar? No pasa nada.

Isabella se ríe, le da un sorbo a la limonada y se quita la peluca. No me impacta, al contrario. Sigue siendo bella.

—Maldita peluca... ¡Cómo pica! Mark, ¿has pensado en lo de Alessandro? —pregunta de repente.

—Te dije que me quedaría con él.

—He hablado con él y está de acuerdo. Quiere irse contigo a Nueva York, te admira como chef. Dice que, al fin, llevará una buena alimentación diaria. A mí nunca se me ha dado bien cocinar —comenta, mirándome a mí.

—No creo que eso... —intenta decir Mark.

—No crees que eso sea mejor que seguir viviendo con su madre, ¿verdad? Ojalá me quedaran cien años que darle. Ojalá. Y ojalá no tuviera que ponerte en este compromiso en el que, tal vez, te hayas visto en la obligación de decir que sí. Pero no tengo a nadie más, Mark. Créeme cuando te digo que no hay nadie más.

—Isabella —la tranquiliza Mark—, no lo hago por compromiso. Voy a ser como un padre para él y quiero que te vayas tranquila.

Creo que en mi mirada hacia Mark se nota admiración y respeto. Hace unas semanas era un simple arrogante, un capullo exitoso al que pensaba no volver a ver más a pesar de ser el hermano de Cindy. Y ahora, ¿qué significa este cosquilleo en el estómago? Isabella me mira y parece saberlo todo de mí. No me incomoda, no si no le revela a Mark lo que él aún no sabe.

—Ve a hablar un rato con Alessandro. Si Amy te deja, claro —ríe Isabella—. Me gustaría conocer un poco a Alice.

Mark asiente, nos mira a las dos y se aleja de nosotras. Le doy un sorbo a mi limonada sin saber qué decir, y observo que esos ojos color café que me escudriñan con curiosidad, han adquirido una tonalidad verdosa por los rayos del sol que le caen directamente a su dulce y bonito rostro.

—¿Quieres que te cuente una historia? —pregunta traviesa. Asiento—. Cuando crees que conoces todas las respuestas, llega el universo y te cambia todas las preguntas —empieza a decir, pensativa y mirándome fijamente a los ojos—. Alessandro llegó a mi vida de la forma más inesperada, cuando más perdida me encontraba. Fue una época oscura de mi vida en la que necesitaba dinero y me dediqué a la prostitución de lujo en Florencia. Mark no sabe nada de esto, así que espero que lo mantengas en secreto... al menos de momento, hasta que me atreva a contárselo.

—Te lo prometo —digo, intentando disimular el impacto que me ha causado la información que me acaba de dar. Habla con naturalidad, como si nada de lo que me estuviera contando tuviera importancia. Tal vez sí vaya un poco drogada; tiene las pupilas dilatadas.

—Cada noche, después de hacer el amor con numerosos hombres, me metía en la bañera y me arañaba la piel con tal de sacar hasta la más mínima huella dactilar de mi cuerpo. Me daba asco a mí misma. Pero un día me quedé embarazada. Fue lo mejor que pudo sucederme. Retomé mis estudios y volví a ser la persona de la que cualquier padre o madre se sentiría orgulloso, puesto que con ellos había perdido el contacto hacía tiempo y, cuando lo retomé, ya fue demasiado tarde. Murieron al poco tiempo. Alessandro trajo luz a mis días y alegría a mi vida; al fin conseguí lo que, sin saberlo, había deseado durante toda mi vida. Ser madre. Y lo he hecho bien, es un gran chico. Ya lo comprobarás por ti misma, con el tiempo...

—Y Mark...

—Mark siempre estuvo aquí —dice, señalando su corazón sin dejarme preguntar nada—. Pero solo fue un amor de verano. En aquella época no existían todos los adelantos que hay ahora y que nos hubieran permitido seguir en contacto. Dejé de venir aquí y, cuando lo hice, la casa de los Hope siempre estaba vacía. Pero este verano tuve una corazonada a la que, por suerte, hice caso y me he reencontrado con él. Le he cambiado la vida, lo sé. Puede ser impactante, extraño... piensa lo que quieras. Pero sé que es lo mejor para mi hijo. Mark era un chico muy especial, ¿sabes? Un día lo vi en televisión. Tras esa fachada arrogante de chef importante y exitoso, supe ver al adolescente que me conquistó. Al ser sensible que conocí. Vivimos un verano increíble, inolvidable y, es por eso, que entre los dos siempre habrá algo muy especial. Especial e invisible, puesto que el amor a un recuerdo es algo inexplicable que solo se puede sentir.

—Eso es lo que pasa con todo tipo de amor —la interrumpo, encogiéndome de hombros.

—Exacto, Alice. Y entre vosotros dos hay algo, lo percibo. Aunque sé que no me confesarás que empiezas a sentir algo por Mark.

—No, yo...

—Da igual. Me alegraría mucho saber que mi hijo tiene una presencia femenina en casa que puede recordarle a su madre.

—Ninguna mujer ocupará tu lugar, Isabella.

—Lo sé —sonríe satisfecha—. Va a ser feliz, ¿verdad? Alessandro.

—Será feliz.

—¿Crees que al morir nos vamos a algún lugar desde dónde podemos ver a quienes dejamos aquí? —pregunta, señalando el cielo.

—Me gustaría creer que sí.

—A mí también. Me encantaría conocer al hombre en el que se convertirá Alessandro. Y ver a sus hijos, a sus nietos... a la que será su futura mujer. Es por eso que he elegido a Mark para que cuide de él. Lo que me ha pasado es una gran putada —ríe—. Pero lo acepto. Así tiene que ser y disfrutamos muy poquito de los pequeños placeres de la vida pensando en que aún nos quedan grandes cosas por vivir. —Niega con la cabeza y me coge de la mano—. No des por sentado nada, Alice. Nunca. Disfruta de la vida, de cada segundo y de todo el amor de tu hija. Eso es todo cuanto nos llevamos: Amor. Eso es lo único que importa.

Aún con su mano aferrada a la mía, coge con la otra un par de pastillas de su bolsillo y se las lleva a la boca. Sonríe y pone los ojos en blanco.

—Tengo ganas de que esto pase, Alice... No quiero seguir sufriendo ni un solo día más.

Es triste. Muy triste.

# MARK

Tengo ganas de hablar con Alessandro. De mirar a los ojos del adolescente que ha vuelto loca a Amy y decirle que, aunque soy un desastre y he sido un despojo humano durante mucho tiempo, todo saldrá bien. Nos irá bien. Cumpliré mi promesa de cuidarlo.

Dejo atrás a Isabella y a Alice, que han iniciado una conversación, y me dirijo hasta el jardín trasero en el que sé que están Alessandro y Amy. Esperaba reírme con la escena que me iba a encontrar. En mi cabeza me imaginaba a una Amy pizpireta obligando al pobre Alessandro a hacerse *selfies* para subirlos a las redes sociales y darle celos a su novio (o ex novio) neoyorquino. Sin embargo, la escena con la que me encuentro es mucho más dulce y evoca en mí bonitos recuerdos del pasado. El móvil de Amy está abandonado sobre el césped. Los dos jóvenes se miran embelesados con los rostros muy juntos y se besan con dulzura bajo el sol de la Toscana, ajenos al mundo que les rodea y, por supuesto, a mi discreta mirada desde una prudente distancia. Espero pacientemente a que los dos adolescentes dejen de besarse para aparecer de repente, como si no hubiera visto nada, y llevarme de paseo a Alessandro para hablar un poco con él. Miro el reloj y, cansado de ver a los dos tortolitos besándose, miro hacia el cielo. Cinco minutos. Han pasado cinco minutos. Batirían un récord si se presentaran a algún concurso de besos del estilo *A ver quién aguanta más*. Cuando por fin se separan, me gusta el gesto galante y cariñoso que le profiere Alessandro a Amy. Le acaricia la mejilla y le susurra algo al oído. Ella ríe, nerviosa, muy típico de Amy.

—¿Se puede? —pregunto, como si no me hubiera enterado de nada.

—¿Qué pasa? —pregunta Amy, apartándose de Alessandro. Hago esfuerzos para no echarme a reír.

—Quiero hablar un momento con Alessandro.

—Vale.

Amy coge su teléfono móvil y se aleja de nosotros, no sin antes, guiñarle un ojo a Alessandro. Me acomodo sobre el césped junto al chico y asiento con la cabeza. Tenía un discurso mental preparado, pero iniciarlo se me hace más complicado de lo que imaginaba.

—Lo sé todo, Mark.

—Claro, no lo dudo.

—Sé que has aceptado que me quede contigo y te lo agradezco muchísimo. No sabes lo importante que es para mi madre. Al principio me sorprendió, al fin y al cabo, no te conocemos de nada, pero mola que salgas por la tele y esas cosas.

—Bueno, eso es lo de menos. ¿Cómo te sientes? —logro preguntar.

—Estoy mentalizado. Mi madre y yo hemos tenido largas conversaciones respecto al tema y estoy cansado de verla sufrir y tomar pastillas que la atontan a todas horas para no sentir dolor. Lo pasaré mal, eso seguro. Muy mal. —Suspira y se lleva la mano a la boca—. Lloro todas las noches, no me avergüenza decirlo. Miro a mi madre y sé que se muere. Me parece injusto, todavía la necesito. Pero ella siempre dice lo mismo: «Mi tiempo aquí se ha terminado. Tenemos que aceptarlo.» Así que no queda otra, tío. Mientras no me obligues a llamarte "Papá"... —ríe.

—No, claro que no.

—Amy vive en Nueva York, así que estaré en buenas manos.

—Ya veo que estáis muy unidos.

—Es diferente a todas.

—Trátala bien.

—Claro que sí. Soy un buen chico, Mark. Ya nos iremos conociendo.

Su madurez me sorprende. Mi discurso mental se va al garete.

—¿Qué quieres hacer en Nueva York?

—Estudiar cocina —responde entusiasmado.

—Te ayudaré a ser el mejor, Alessandro. Aunque quiero que sepas que no es lo más importante. El trabajo, digo. El dinero, los negocios... son cosas secundarias. No debería decirte que hay cosas más importantes que los estudios porque estás en edad de labrarte un futuro, pero no quiero que te pase como a mí —digo seriamente—. No quiero que...

—No quieres que acabe solo como tú —me interrumpe, adivinando mis pensamientos—. Lo sé. Mi madre me ha educado bien.

—Nos haremos compañía, Alessandro. Te ayudaré en todo lo que necesites. Estaré aquí, siempre.

—Menuda responsabilidad se te ha venido encima, ¿verdad?

Medito la respuesta unos segundos. Lo miro, y algo en él me recuerda extrañamente a mí. Si no fuera porque mi relación con Isabella ocurrió hace veintiocho años y no nos volvimos a ver hasta ahora, pensaría que este chico es hijo mío.

—No eres una responsabilidad o una obligación, Alessandro. Aunque no me llames "papá", vas a ser como un hijo para mí. El hijo que ahora sé que me hubiera gustado tener. Y créeme, he hecho mis prácticas con Amy. Si puedo con ella, puedo con cualquier adolescente que se me ponga por delante.

—Es bueno saberlo, Mark.

—¡Alessandro! —grita Amy, viniendo hacia nosotros—. ¿Puedo poner las fotos en Facebook?

## ALICE

Isabella y yo hemos estado hablando del amor. Yo también le he contado mi historia, la de Jack y la rubia de bote. Ella, una mujer acostumbrada a ver el lado bonito de la vida, me ha dicho que era lo mejor que me podía pasar. Se ha interesado por mis novelas y ha sentido tremendamente no haber leído ninguna. «Ya no tendré tiempo de hacerlo. ¿Ves? Por eso no hay que dejar las cosas para mañana. Quizá ese mañana no exista», ha dicho tristemente. Lo cierto es que, aunque encantadora, hablar con ella resulta deprimente.

—Antes de que venga Mark, quiero que conozcas un pequeño detalle de mi historia que he evitado, pero que necesito contarte, Alice —dice, mirando a su alrededor con impaciencia.

—Claro.

La expresión de Isabella se tensa. Frunce el ceño y aprieta los labios, me mira con culpabilidad. Siento que lo que me va a confesar va a ser difícil de asimilar, por lo que espero que no me haga prometer que lo mantenga en secreto.

—En mi oscuro pasado como prostituta de lujo, estuve con muchos clientes; la mayoría de ellos muy importantes, pero apenas recuerdo quiénes eran. Sencillamente, se me dio bien olvidar con el tiempo sus rostros por el beneficio de mi propia salud mental. —Asiento y trago saliva—. Solo recuerdo a uno, al padre de Alessandro.

—Pero... —empiezo a decir confusa—. Has dicho que no tenías ni idea de quién era.

—Llevo toda mi vida mintiendo, Alice. Se me da bien. Alessandro... —ahora es ella quien traga saliva. Mueve el cuello de un lado a otro y acaricia su cabeza—. Alessandro es hermano de Mark.

—¿Cómo?

Abro los ojos y me tapo la boca. No quiero hablar. No puedo hablar. El asunto no me concierne y soy la menos indicada para decirle que es algo que Mark debería saber de inmediato. ¡Qué demonios! ¡Sí soy la más indicada para decirlo! ¡Me lo ha contado a mí! ¡Vivo con Mark! Me pongo histérica, pero hago lo posible para que Isabella no se dé cuenta.

—Isabella, ¿qué pasó? Mark lo tiene que saber.

«¿Desde cuándo hablo tan rápido?»

—Claro que sí. Cuando yo esté preparada para decírselo, lo sabrá. El padre de Mark viajó a Florencia por asuntos de negocios. Era un hombre importante. Al verlo en el club, me quedé en shock y pensé que no me elegiría a mí. Él, por supuesto, no me reconoció; yo había cambiado mucho, no podía identificarme con la joven adolescente que salió con su hijo. Apenas me había visto en un par de ocasiones, así que...

—Pero te eligió.

—Sí. Era mi trabajo, hice de tripas corazón, tomamos whisky, me emborraché e hice el amor con el padre de Mark. No le dije quién era yo. —Niega con la cabeza y una lágrima recorre su pálida mejilla—. Dios mío, cómo le voy a contar esto a Mark... —murmura angustiada mordiéndose el labio, más para sí misma que para mí.

—¿Cómo sabes que Alessandro es el hijo del padre de Mark?

—Porque se rompió el preservativo. Pero no me di cuenta hasta que el señor Hope se fue, y los efectos del alcohol disminuyeron. No le di importancia, pero a los tres meses me enteré que estaba embarazada y, en todo ese tiempo, no había habido ningún hombre más. No con penetración, ya me entiendes. Alessandro es, con total seguridad, el hijo del padre de Mark —repite.

—No sé cómo, pero tienes que contárselo a Mark —le aconsejo.

—Sé que tendría que haberlo hecho desde el principio, Alice. Pero no tengo valor.

—Tiene que saberlo. Y Alessandro también.

—Me odiarán.

—No. No te odiarán. Es tu pasado, fue un error, pero a pesar de todo, resulta algo maravilloso si lo piensas bien.

—¿Maravilloso? ¿Haberme acostado con el padre de Mark es maravilloso?

—No suena bien... No, claro que no. Pero Alessandro parece un chico increíble, ¿verdad? —Isabella asiente y sonríe tristemente—. Y son hermanos. Hay algo que les une; Alessandro no se quedará con Mark porque fue la primera persona que se te pasó por la cabeza para que cuidara de él cuando tú no estuvieras. Ahora todo tiene sentido —trato de explicar.

—Todo tiene su lado bueno, supongo.

—No te odiará. Mark nunca podría odiarte —digo, auto convenciéndome a mí misma, a pesar de no conocer tanto a Mark como para saber si realmente reaccionaría bien o mal al enterarse de algo tan impactante.

—Se lo contaré mañana. ¿Te parece bien?

—Cuando estés preparada —le digo, algo decepcionada. ¿Cómo voy a ocultarle algo así a Mark hasta que Isabella esté preparada para decírselo?

—Hola, jovencitas —saluda Mark, en compañía de Alessandro y Amy—. ¿Qué tal? Veo que habéis hecho buenas migas.

No sé cómo mirarlo. Miro a Alessandro y miro a Mark, y aunque no se parecen físicamente, ahora sí veo algo en ellos que hace que cualquiera pueda pensar que son hermanos aunque se lleven más de veinte años de diferencia. Quisiera desaparecer de aquí. Salir corriendo y encerrarme en mi dormitorio a escribir. Miro a Isabella, no sé cómo puede aparentar tanta serenidad después de haberme confesado la verdad, ocultándosela a las dos personas que realmente necesitan saberlo.

—Muy bien. Alice es un encanto —responde Isabella mirándome.

La miro con desconfianza. Todo lo bueno que he pensado de ella al principio, se desvanece para dar paso a la confusión. En el fondo, es una mujer fría y calculadora que ha sido capaz de ocultar una valiosa información que, tal vez, si la hubiera desvelado desde un principio, podría haberse evitado el dolor que seguramente causará.

Recuerdo perfectamente el día en el que murió el padre de Cindy y, por lo tanto, el de Mark. Fue hace cinco años. Yo estaba inmersa en la promoción de una de mis novelas y no pude ir al funeral. Hubiera conocido a Mark, pero no era nuestro momento. Cindy estaba afectada, pero no tanto como es habitual cuando un hijo pierde a su padre. Por lo que me contaba, su padre no había tratado del todo bien a su madre y siempre estuvo más centrado en sus negocios que en sus propios hijos. A lo mejor, por eso, ni Cindy ni Mark han tenido hijos ya que, al igual que el señor Hope, han estado centrados en sus trabajos y han preferido no procrear para no hacer daño a pequeños inocentes que no eligen venir al mundo.

—¿Nos vamos? —le pregunto a Mark.

—¿Por qué no nos quedamos a cenar? —propone Mark, mirando a Isabella, para obtener su consentimiento.

—¡Claro! ¿Preparamos pizza? —dice Isabella entusiasmada.

Alessandro y Amy asienten; a mí no me convence el plan, así que niego con la cabeza.

—Yo me voy a casa. Tengo mucho qué escribir —digo, con una sonrisa forzada.

—¿No puedes esperar hasta mañana? —pregunta Mark decepcionado.

—No —Por cómo me mira, sé que sabe que la risita que muestro, no es sincera—. Ya sabes... las musas... revolotean y...

Vuelvo a reír y, aunque Mark frunce el ceño sin entender realmente qué pretendo, es imposible que sepan que, tras esa risa nerviosa y floja, se esconden unas ganas incontrolables de llorar. Miro a Isabella duramente y le doy un beso en la mejilla susurrándole un: «No esperes más y cuéntale la verdad.» Ella asiente y me despido, deseándoles una buena velada.

El camino de vuelta a casa se me hace muy pesado. Está anocheciendo. El cielo me regala un juego de colores espectacular que agradezco enormemente en estos momentos. Los farolillos serán los encargados de alumbrar los senderos de tierra en pocos minutos, así que no me preocupa entretenerme un poco y adentrarme en un campo de trigo para tumbarme, contemplar el cielo y escuchar el silencio. Sin embargo, la paz dura poco rato.

—¡Alice!

Esa voz la conozco. El rezongo de su caballo también.

—¿Qué? —respondo de malas maneras—. Me estropeas las vistas, Ángelo.

Ángelo baja del caballo, que permanece quieto a una distancia prudente de mí.

—Lo que ha pasado hace unas horas, Alice... —Niega con la cabeza. Qué gran actor—. Me ha conmocionado —empieza a decir dramáticamente—. Le he estado dando vueltas todo el día, pero verás... no tenemos nada, no estamos saliendo juntos, no tengo por qué sentirme culpable, ¿sabes? Lo pasamos bien, ¿verdad? Eso es todo, y lo podemos seguir pasando bien si tú quieres.

—No me gusta comerme las babas de otras, lo siento —digo fríamente.

—Soy así, ¿qué le voy a hacer?

—Pensaba que eras de otra manera. Por supuesto, puedes hacer lo que quieras con tu vida y sí, lo pasamos bien. Simplemente me molestó ver que al día siguiente de estar conmigo, coqueteabas con otra, eso es todo.

—¿Seguimos como amigos?

Aprieto los labios. No quiero reírme, no después de la tarde que he vivido y del secreto que Isabella me ha confesado. Siento que vuelvo a ser una adolescente con las hormonas chifladas, como diría Mark, y trato de pensar en cómo reaccionaría mi hija. Finalmente, no puedo aguantarme y estallo en una sonora carcajada que destensa todos mis músculos faciales.

—Desde luego que no. Y gracias por hacerme reír.

No sé cómo identificar la mueca de Ángelo. Parece estar entre: disgustado, enfadado, confuso... Tal vez piense que estoy loca. Tal vez. Pero me da exactamente lo mismo.

—¿Tienes algo con Mark?

El silencio como respuesta nunca fue más acertado. Me levanto y sigo caminando sin mirar atrás. Me quedan por vivir dos intensas semanas en un rincón de la Toscana y, aunque mi mente empiece a divagar por otros mundos y situaciones que no creo que vaya a vivir en realidad, una ilusión se apodera de mí. Tiene un nombre. Claro que tiene un nombre: Mark. Pero al contrario que con Ángelo, todo se vuelve cuesta arriba al pensar en Isabella, Alessandro y todo lo que le espera al excepcional chef destronado. Con él, eso de hacer lo que me apetezca cuando realmente lo deseé, porque estoy en ese momento de mi vida en el que quiero disfrutar y vivir al fin en plena libertad, no vale. Debo esperar y que sea el tiempo el que, quizá, tenga el poder de decidir antes que yo.

# CAPÍTULO 10

## MARK

"El día que entendí
que lo único que me
voy a llevar es lo que vivo,
empecé a vivir lo que me quiero llevar".

Después de un día entero con Alice, no puedo evitar echarla de menos. Le he preguntado a Isabella por ella y se ha limitado a decir que es encantadora, pero que jamás me revelará el tema del que han estado hablando. «Cosas de mujeres», ha dicho misteriosamente. Me pregunto por qué Alice se ha ido tan apresuradamente con la excusa de continuar escribiendo. Qué le habrá contado Isabella que la ha dejado sin ganas de quedarse con nosotros a cenar.

Alessandro y Amy se han divertido ayudándome a preparar una pizza casera. Nos ha quedado rica. A lo largo de estos días, he estado pensando que lo único que cocinaré el resto de mi vida, son simples pizzas caseras y tortitas. Pero lo mejor de todo, es que no me importa si tengo a alguien que me pasa la sal cuando se lo pido abre todos los armarios y deja la cocina hecha un desastre para que la limpie yo.

Isabella nos ha contemplado en silencio, sentada en un taburete. Se la ve cansada y derrotada. Por un momento, he sentido que tenía una familia, pero el rostro de Alice viene a mi mente una y otra vez. ¿Qué está pasando? Mi lema secreto —por aquello de qué dirán—, siempre ha sido: «En corazón cerrado no entran mariposas», se ha inutilizado por completo.


Después de la cena, Isabella y yo hemos salido al jardín a tomar un té. Alessandro y Amy han ido a la habitación. No quiero ni imaginar qué es lo que estarán haciendo. Me niego, es algo que no querría visualizar y tampoco me incumbe lo más mínimo.

—Ha sido un gran día —dice Isabella, sonriendo y mirando hacia el cielo—. Me has hecho recordar lo feliz que fui aquel verano a tu lado, Mark. Qué momentos... Inolvidables. Sencillos, íntimos... cuando la vida termina, te das cuenta que son esos los instantes que cuentan.

Asiento sin saber qué decir. Por cómo habla, parece ser un guion que tiene aprendido de memoria.

La miro fijamente, me gustaría preguntarle si tiene miedo. Miedo a morir. Yo estaría aterrado y, sin embargo, Isabella muestra una entereza formidable respecto al asunto.

—Podríamos repetirlo.

—¿Qué? —pregunto, algo aturdido.

—Aquello, lo que se nos daba tan bien.

Sonríe pícaramente y sé a lo que se refiere. Una noche. Volver a sentirse querida, volverla a besar, a acariciarla, a amarla.

—Lo siento. —Niega rápidamente con la cabeza al ver mi reacción, haciendo aspavientos con las manos—. Qué tontería, seguramente tú no...

—Yo sí quiero —la interrumpo.

La miro fijamente a los ojos, aunque sepa que entre los dos solo quedan recuerdos y un sinfín de sentimientos hacia ellos, no hacia nosotros mismos en el ahora. Es complicado.

Me acerco lentamente, sabiendo que estamos a punto de volver a cruzar esa fina línea que existe entre la amistad y el amor; los recuerdos del pasado y el presente que se entremezclan para ofrecernos lo mejor que tiene la vida: instantes. Pequeños momentos que Isabella me ha enseñado a vivir con intensidad porque, tal vez, algún día, sean los únicos que merezcan la pena. Estoy a punto de rozar sus labios, de volver a sentir su piel más seca que antaño, más débil y arrugada. Me mira tristemente y siento que su corazón se ha acelerado tanto como el mío. Le sonrío, intentando crear una atmósfera cálida y acogedora para que se sienta en todo momento cómoda.

—Gracias —me susurra al oído.

Acto seguido, vuelvo a besar sus labios. Es un beso dulce y lento que saborea el momento de lo efímero. No estoy acostumbrado a ese tipo de besos. De hecho, hacía muchos años que no besaba con el corazón como lo estoy haciendo ahora. Acaricio su mejilla; Isabella señala el interior de la casa. Entramos y subimos las escaleras cogidos de la mano. Sabemos que los chicos deben estar ensimismados en sus asuntos y que si cayera una bomba nuclear, seguramente ni se inmutarían. Pero, por si acaso, abrimos lentamente la puerta del dormitorio de Isabella y cerramos con pestillo sin hacer ruido. Podría ser incómodo, pero no lo es. Desvisto a Isabella con sumo cuidado, como si fuera una delicada muñeca de porcelana que se pudiera romper. La sigo besando y ella sonríe. Sonríe agradecida, pero no quiero sentirme como si le estuviera haciendo un favor. Nos tumbamos en la cama. Con cualquier otra mujer hubiera ido al grano, hubiera sido incluso agresivo y tremendamente pasional. Con Isabella no puedo; aún sigo viendo en su rostro enfermo a aquella niña buena e inocente de la que me enamoré. Aún sigo bebiendo los vientos por ella y sé que, probablemente, sufriré tanto o más como hace años. La miro y quisiera volver atrás en el tiempo, justo en el momento en el que nuestros caminos se separaron. Volvería y le diría al Mark adolescente que no se traumatice y que no se convierta en el idiota que acabó siendo. ¿Por qué? ¿Para qué? No valió la pena. Aquí estoy, otra vez, con ella. Siendo aquel chaval sensible e ingenuo que se negó a volver a entregar su corazón a ninguna mujer. Isabella se coloca encima de mí y hacemos el amor. Sigo mirando sus ojos. Unos ojos febriles que quieren mirar hacia otro lado y no ver la realidad. La realidad de que, a lo mejor, decirnos que estamos enamorados de un recuerdo es solo una excusa para no reconocer que nuestros corazones siguen perteneciéndose. Que siempre ha sido así, que nunca nos hemos olvidado. Que la leyenda oriental del hilo rojo puede que exista en realidad. El hilo puede tensarse o enredarse con los años, pero jamás podrá romperse. A veces, puede estar más o menos tenso, pero es, siempre, una muestra del vínculo que existe entre dos personas unidas por un invisible e idílico hilo rojo.

Isabella deja de mirarme, cierra los ojos y empieza a sentir. Seguramente un cosquilleo se apodera de su cuerpo como me pasa a mí. Un íntimo momento que llevaré siempre conmigo. Extasiados por el placer, Isabella se separa de mí y suspira sonriéndome.

—Ha estado muy bien —murmura.

Cubre su cuerpo con la sábana y centra su mirada en el techo. Puedo ver una lágrima recorriendo su mejilla y, sin decir nada, la acaricio. Coge mi mano y todos los músculos de su rostro se tensan. Frunce el ceño y ya casi no puedo contar cuántas lágrimas caen de sus ojos.

—Tengo que decirte algo, Mark. Algo muy importante —empieza a decir.

—¿Qué pasa?

Pero no puede hablar. Empieza a llorar más y más, hasta que se levanta súbitamente, quejándose en silencio de un intenso dolor en el abdomen.

—Isabella, vamos al médico.

—No. No quiero ir al hospital. Espera...

Espero pacientemente. La miro preocupado, acaricio su espalda desnuda intentando tranquilizarla, mientras ella sigue retorcijándose en su propio dolor. No sé qué hacer.

—Mierda, son como agujas... —murmura, apretando los labios y cerrando con fuerza los ojos—. Mis pastillas... en el primer cajón de la cómoda.

Me levanto rápidamente y obedezco a sus indicaciones. En unos segundos, Isabella, sin necesidad de un vaso de agua, engulle cuatro pastillas y se deja caer en la cama.

—Duerme, Isabella.

Asiente y, aunque por la expresión de su rostro, el dolor no ha cesado, cierra los ojos con la intención de conciliar el sueño.

—Mañana será otro día —le digo, intentando disimular lo asustado que estoy.

—Gracias, Mark. Me voy a llevar a la tumba un momento intenso y maravilloso.

Duele. Sus palabras duelen.

Quiero decirle que la quiero. Que no se vaya, que se quede conmigo. Pero ya no es algo que ella pueda decidir.

Me mira. Como si adivinara mis pensamientos.

—Quédate conmigo —me dice dulcemente.

La abrazo.

Pocos minutos después, ella duerme plácidamente; el dolor se ha ido. Y yo, pienso en Alice y, sin saber por qué, siento que la he decepcionado al decirle que ya no sentía nada por la mujer que duerme entre mis brazos y con la que he acabado de hacer el amor. La mujer que se muere, y por la que yo, en estos momentos, daría mi vida entera si hiciera falta.

# ALICE

"Sé que te olvido poco a poco
porque dejo de buscarte como antes.
Pero no cambia que quiero verte
para saber si fuiste real.
O que prefiera no verte,
por si acaso lo eras".

Son las tres y media de la madrugada y no vienen. No vienen. Durante horas, he estado absorta en la escritura de mi novela y a las agujas del reloj se les ha antojado correr a una gran velocidad. Cojo el móvil y bajo hasta el jardín. Me sitúo bajo el sauce llorón y marco el número de teléfono de Amy, pero no lo coge. «Estará durmiendo», pienso. Pero entonces, se me pone la piel de gallina al pensar que duerme con Alessandro. Sin embargo, eso es lo que menos me preocupa.

Miro hacia el cielo estrellado y pienso en Mark e Isabella. ¿Enamorados de un recuerdo? Estupideces. Pensar en ellos dos haciendo el amor me produce un nudo en la garganta casi inaguantable. ¿Le habrá contado Isabella la verdad? ¿Mark sabrá a estas horas de la noche que Alessandro es en realidad su hermano?

Voy hasta la cocina y preparo café. Estoy muerta de cansancio, pero me resulta imposible conciliar el sueño. Sé que si me durmiera, me vendrían a visitar incómodas pesadillas que no quiero sufrir. Por un momento, se me pasa por la cabeza la locura de llamar a Ángelo y decirle que venga a casa. Decirle que me siento mal y desesperada y que, por eso, quiero hacer el amor con él. Sentirme protegida y amada entre sus brazos, aunque todo sea una mentira para recuperar mi autoestima y no pensar en Mark. «No pensar en Mark», pienso, una y otra vez.

—¡No puedes pensar en Mark! —exclamo en voz alta.

Me estoy volviendo loca. Me sirvo una taza de café y vuelvo a mi dormitorio. Me sitúo frente a la pantalla del ordenador y siento que empiezo a divagar entre palabras, que me estoy yendo por las ramas y que la historia que estoy escribiendo deja de tener sentido. ¿Cómo puede desaparecer el "Ángelo" de mi historia tan repentinamente como aparece "Mark"? Confundiré a mis lectoras. La protagonista femenina se está volviendo tan loca como yo y una enferma de cáncer terminal le está haciendo la vida imposible sin querer, revelándole un secreto que jamás tendría que haber conocido.

Mi teléfono móvil empieza a sonar. Miro la pantalla y me decepciono al ver que es Cindy.

—¡Ciao! —saluda, antes de que yo pueda contestar—. ¡Sabía que estabas escribiendo!

—¿Qué hora es en Nueva York?

—Las nueve y media de la noche, aún estoy en la agencia. ¡Menuda novela, Alice! ¡Me encanta!

—Pues lo que viene es bueno...

—Leonardo es extraordinario, ¿en quién te has inspirado? Por favor, no me digas que en Ángelo Cravioto —continua hablando, sin querer escucharme realmente—. Y si no es en Cravioto, dime en quién, porque me encantaría conocerlo, créeme —ríe divertida.

—Leonardo ha desaparecido de la historia —digo secamente, encendiendo un cigarrillo.

—¿Qué? ¡No puedes hacer eso!

—Por supuesto que puedo. Ha aparecido otro hombre y una enferma de cáncer terminal.

—¿Qué? ¿A qué viene eso? Las lectoras no quieren enfermedades, Alice, ¡por el amor de Dios! Que me arruinas el libro.

—¿Quién es la escritora?

—No puedes hacer desaparecer a Leonardo de la historia. ¿Qué necesidad hay? —pregunta indignada. No sé si reír o llorar.

—Creo que la terminaré en una semana. Una semana y nos vamos de aquí.

—¿Qué ha pasado? ¿Y Mark? Desde que llegasteis no he vuelto a hablar con él.

—Mark... —suspiro. Hasta este momento no había pensado que a Cindy también le interesaría saber que tiene un hermano al que no conocía—. Ya te lo explicará él.

—¿El qué? ¿Ha pasado algo entre vosotros? ¡Lo sabía!

—¡No! No ha pasado nada, Cindy.

—Quiero verte la cara. Conéctate a *Skype*.

—Ni hablar.

—¿Qué pasa, Alice? ¿Qué me estás ocultando?

—No soy nadie para contarte nada. Voy a seguir escribiendo, Cindy.

—Ahora la que no podrá dormir soy yo. Sigue escribiendo, pero no elimines a Leonardo de la historia. Es el protagonista perfecto, sigue por esa línea. Y ponle mucho sexo. Eso siempre está muy bien y tú eres un poco mojigata. A tus lectoras no les gusta el drama, ni enfermedades terminales, ni segundos tíos que destrocen la historia.

—¿Tú crees?

—Hazme caso... —dice. Y sé que lo ha hecho entre dientes, aunque no la pueda ver.

Cuelgo el teléfono y, acto seguido, empiezo a eliminar palabras, párrafos y páginas enteras, protagonizadas por "Mark" e "Isabella". Leonardo/Ángelo se queda en la historia y también en mis días en la Toscana.

Decidido.

## El regreso de Ángelo

**A** pesar de lo tarde que es, una llamada ha bastado para que Ángelo viniera al cabo de pocos minutos a casa. Lo he esperado frente a la puerta principal, donde habitualmente se sienta Mark con una copa de whisky. Voy un poquito borracha, así que, en cuanto llega, me acerco a él y le beso apasionadamente.

—¿No está Mark? —pregunta extrañado, apartándose un poco de mí y mi efusividad inicial que, como es normal, no comprende después de nuestra breve conversación en el prado de hace unas horas.

—Tenemos la casa para los dos solos.

Le guiño un ojo, le cojo de la mano y entramos en el interior de la casa estival de los Hope.

«Esta no soy yo», me digo a mí misma, mientras hago el amor con un apasionado Ángelo. Mis labios irritados por el roce de su áspera barba, no se cansan de besar los suyos y mis manos arden en deseos de acariciar su bronceada piel. Sus músculos se tensan en cada movimiento; prefiero cerrar los ojos, dejarme llevar por el placer y no pensar que quien está en mi interior no es la persona que realmente querría, aunque esté disfrutando del momento.

Al terminar, Ángelo me pregunta si se puede quedar a dormir. No veo por qué no, así que me abraza y, sintiendo su aliento en mi nuca, sé que se ha quedado dormido al instante. Yo no puedo dormir. Ángelo ronca. Sus brazos me ahogan, sus manos rozando mi ombligo me empalagan y quisiera levantarme de ahí, ir a casa de Isabella y decirle a Mark que somos un par de idiotas que se gustan y que no tienen por qué estar con otros para sentir que aún es posible no estar solos.

Pero quizá me equivoque. Quizá a Mark no le guste yo, sino Isabella. Y quizá lo mejor que pueda hacer, es divertirme con Ángelo los días que me queden en este precioso rinconcito de la Toscana, seguir escribiendo y terminar la novela, y dejar que Amy viva con intensidad su *amor de verano* con Alessandro. Al volver a Nueva York lo veré todo de otra forma y mi "tontería" con Mark habrá terminado, porque no viviremos bajo el mismo techo, aunque sí tengamos que coincidir en alguna ocasión. Llegará el otoño, también el invierno... y esas ganas de volver a saber qué es lo que se siente al vivir un *amor de verano* de cuento, habrán desaparecido, así como mi locura de volver a sentirme una joven de veinte años y pensar y sentir de forma lúcida, tal y como corresponde a mi edad y madurez. Volveremos a la realidad, al ajetreo de la ciudad y a la promoción de una nueva novela que pronto, si me centro en ella, verá la luz. Y me olvidaré de todo esto. Eso es... me olvidaré de todo y me centraré en lo que realmente importa: en Amy y en mi trabajo. Lo que suceda en la Toscana, se queda en la Toscana y, al volver a Nueva York, se olvida. Así, sin más.

Miro de reojo a Ángelo y sonrío. Menuda la que he liado al llamarlo... la parte traviesa de mí, piensa en la cara que pondrá Mark si lo ve en casa por la mañana, y me gustaría imaginarlo celoso y furioso por haber pasado la noche con Isabella y no haber estado conmigo para evitar que cayera en la tentación. Él mismo se sintió orgulloso de mí al mostrarme fría como el hielo e implacable ante el coqueteo de Ángelo con otra, tan solo un día después de estar haciendo el amor conmigo. ¿Qué diría ahora? ¿Qué sentiría? Decepción, seguramente.

Me deshago de los brazos de Ángelo y me levanto de la cama sintiéndome un despojo humano. Acto seguido, voy al cuarto de baño y vomito todo el whisky que he bebido y parte de las tortitas de mozzarella que había preparado Amy por la mañana y cuyas sobras he devorado al llegar a casa.

Vuelvo a tumbarme junto a Ángelo evitando acercarme demasiado. Cierro los ojos y consigo conciliar el sueño cuando el reloj está a punto de marcar las cinco de la mañana. Afortunadamente, las pesadillas no vienen a visitarme, pero tampoco lo hacen dulces sueños que provoquen una sonrisa en mí al despertar.

# CAPÍTULO 11

## MARK

**M**e despierto a las diez de la mañana a causa de un embriagador aroma a café y tortitas. También me ha desvelado la estridente risa de Amy que, para no perder la costumbre, está haciendo de las suyas en otra cocina ajena.

Isabella duerme a mi lado tranquila y relajada. Sin hacer ruido, me levanto, me visto y salgo del dormitorio, no sin antes asegurarme que Isabella está bien.

La estampa que veo en la cocina me recuerda a un verano pasado con Isabella. El joven Alessandro rodea con sus brazos a una sonriente Amy, que está más centrada en preparar tortitas que en su "nuevo chico". ¿Qué hago? ¿Interrumpo este momento idílico?

—Buenos días —digo.

—¡Mark! —saluda Amy, acercándose a mí y plantándome un beso en la mejilla.

—¿Y esa alegría? —Amy me guiña un ojo y mira a Alessandro—. Mejor no me lo expliques. ¿Qué hay para desayunar? —pregunto riendo.

—¿Mi madre ha pasado una buena noche? —quiere saber Alessandro.

—Necesitó algunas pastillas antes de ir a dormir —le informo con el ceño fruncido.

—Falta poco, Mark —me avisa el chico, reprimiendo las lágrimas. Amy lo consuela cogiéndole fuerte de la mano y mirándolo como nunca antes la había visto mirar a nadie.

—Será mejor que volvamos a casa, Amy. Tu madre debe estar preocupada.

—Mi madre se habrá pasado la noche escribiendo y estará babeando encima del teclado del ordenador.

—Lo sé —digo divertido, imaginando la estampa que Amy acaba de comentar.

Justo en el momento en el que terminamos de desayunar, aparece Isabella enfundada en una bata de seda violeta. Su rostro es peor que el de ayer. Su mirada, triste y apagada, dice todo lo que con palabras no podría expresar. Aun así, sonríe y le dice a Amy que le apetece mucho probar sus tortitas, con lo que la adolescente chiflada, ni corta ni perezosa y emocionada, vuelve a la cocina y le sirve un par con sirope de frambuesa encima.

—Amy y yo volvemos a casa, Isabella —le digo, dándole un último sorbo al café.

—No, no. Te vas tú. Yo me quedo aquí con Alessandro —ríe divertida Amy.

—Como quieras.

—¿Por qué no os quedáis a pasar el día? —sugiere Isabella.

—Necesito una ducha, cambiarme de ropa y hacer unas cuantas llamadas. Estoy descuidando demasiado el trabajo.

Es cierto. No quiero preocuparme, pero lo estoy. No quiero volver a ser el excéntrico y maniático chef al que lo único que le preocupa son sus locales y las malas críticas, pero es necesario estar pendiente de todo si ahora tengo que mantener a un chico que quiere estudiar en una carísima escuela de cocina.

—Claro, lo entiendo —asiente Isabella, mirando con preocupación a su hijo.

Le doy una palmadita en el hombro a Alessandro, miro a Isabella con la duda de si besarla o no y, a continuación, decidiendo que lo mejor será que no le dé un beso delante de los chicos, me despido, prometiendo que regresaré pasadas unas horas.

De camino a casa, envío unos cuantos mensajes a los encargados de mis restaurantes, con indicaciones de qué es lo que deben hacer en los próximos días hasta que llegue el momento de mi regreso. Nuevas ideas que se me han ido ocurriendo y que pueden beneficiar a los locales. Más tarde los llamaré, cuando en Nueva York haya amanecido. Revisando correos que tenía pendientes de leer, me sorprendo con el de Amanda Morgan, una amante que tuve hace años y que es directiva de un importante canal de televisión de cocina.

Querido Mark,

No te escribo por ningún asunto personal ni para acosarte, aunque ya sabes que me debes una cena. ☺ Quiero hablarte de un asunto laboral que puede interesarte mucho. En la cadena hemos pensado que, tras la controvertida crítica del idiota de John Logan, sería genial proponerte un nuevo programa en nuestro canal de cocina. Nada de chefs cocinando para abuelitas ni nada por el estilo, sería algo mucho más divertido. *Amor en la cocina para solteras.* ¿Qué te parece? Cocinarías y coquetearías con atractivas solteras (y no tan atractivas) y, después, mantendríais frente a las cámaras una especie de cita. Con tu atractivo físico y tu labia, seguro que es un éxito garantizado. Dime algo lo antes posible, bombón.

Un beso en la boca,

Amanda Morgan.


No puedo hacer otra cosa que reírme del correo poco profesional de Amanda. Por un momento, vuelvo a ser el Mark de antes. El Mark que no profundiza en los sentimientos, el que no se preocupa por nadie más que por sí mismo y lo único que le interesa es su trabajo, sus propiedades y el dinero. «Podría ser divertido», pienso. «Podría volver a relanzarme, hace tiempo que no salgo en televisión.» «Le jodería tanto a John Logan.»

Respondo al correo electrónico de Amanda con un: «¿Cuándo empezamos?» y, acto seguido, suena el teléfono.

—¡Mark!

—Amanda, ¿qué haces despierta a estas horas?

—Ya sabes que soy noctámbula —responde con picardía—. ¿Has leído mi email?

—Sí.

—¡Queremos empezar lo antes posible!

—Estoy en la Toscana.

—¿Cuándo vuelves? Si hace falta, voy a buscarte.

—En dos semanas.

—Podremos esperar dos semanas —ríe—. Empezaremos en septiembre. Primero tendremos que grabar un programa piloto para ver cómo queda, pero ya hemos grabado unos cuantos con un modelo que no te llega ni a la suela de los zapatos y el formato funciona.

—Qué bien —murmuro.

—¡Genial! ¡No sabes la alegría que me das!

—Gracias, Amanda.

—Para eso están las amigas, aunque me has tenido muy descuidada estos últimos años, Mark.

El Mark de hace tan solo dos semanas le hubiera dicho: «Tranquila, preciosa. Eso va a cambiar.» El Mark que no deja de pensar en la escritora de novelas románticas y que, a la vez, está angustiado y siente miedo por la que fue el gran amor de su vida, prefiere reírse y callar.

—Te llamo cuando esté en Nueva York.

—No hemos hablado de dinero, Mark.

—Sé que pagaréis bien. Hasta pronto, Amanda.

—Un beso en la boca, Mark.

Llego a casa con la seguridad y la tranquilidad de que a nivel profesional todo irá bien y mejorará con el tiempo. No quiero volver a pensar en John Logan; tengo cosas más importantes a las que dedicarle mi tiempo, pero Amanda ha abierto viejas heridas por la catastrófica crítica conocida en todo el país y no puedo evitarlo. Debería empezar a trabajar en nuevas recetas sin interrupciones de ninguna clase, mezcla de nuevos ingredientes y más ideas innovadoras; imitar el esfuerzo y la constancia de Alice, y meterme en la cocina hasta altas horas de la noche como hace ella con su próxima novela. Pero entonces, pienso en Isabella y en lo que sucederá de un momento a otro, y desaparecen mis ganas de trabajar y avanzar.

Antes de abrir la puerta, reparo en la presencia de un vaso medio vacío de whisky en el respaldo de la silla del jardín. Tal vez Alice estuvo esperándonos anoche. Tal vez se preocupó y pienso que deberíamos haberla avisado de que nos quedábamos a dormir. Me entristece imaginar la escena en la que Alice está sentada ahí, sola, con un vaso de whisky, esperando a que su hija y el capullo aparezcan caminando por el sendero en la oscura noche.

Desde el umbral de las escaleras, afino el oído por si escucho el teclado del ordenador de Alice, pero hay un silencio sepulcral en toda la casa. A lo mejor ha salido, a lo mejor sigue durmiendo. Subo lentamente las escaleras y me planto frente a la puerta de su dormitorio. Dos golpes secos. Silencio.

—¿Alice? —pregunto.

Decido abrir la puerta poco a poco y sin hacer ruido. Lo primero que veo es el escritorio frente a la ventana con su ordenador portátil. No está ahí. Abro un poco más la puerta y miro hacia la derecha donde se encuentra la cama. Me hubiera gustado haberme quedado con Isabella con tal de no haber visto al maldito cabrón de Ángelo durmiendo junto a Alice. Una furia que desconocía hasta ese momento se apodera de mí. Cierro la puerta tratando de contenerme para no dar un portazo y, justo cuando me apoyo en ella con los puños cerrados, se abre y caigo al suelo.

—¿Mark? —pregunta Alice, con la voz ronca y aún adormilada.

—¿Qué hace ese en tu cama?

Me levanto con la ayuda de Alice, que se encoge de hombros y sonríe divertida.

—¿Dónde está Amy?

—Se ha quedado con Alessandro.

—Ya... Voy al baño.

—Espera.

—¿Qué?

Alice abre mucho los ojos.

—¿Lo sabes? Es eso, ¿verdad? —Se lleva las manos a la boca y vuelve a acercarse a mí.

—¿El qué?

—¿No?

—No te pillo.

Frunce el ceño, parece incómoda y confusa.

—Me refiero a que... —Traga saliva, se toca el cabello con nerviosismo y fuerza una media sonrisa—. Que has entrado en la habitación y has visto a...

—A Ángelo, sí. Claro que lo he visto —interrumpo, tratando de no mostrarme muy herido. ¡Qué demonios! No tengo derecho a sentirme herido; Alice y yo no tenemos absolutamente nada y hace unas horas era yo quién estaba haciendo el amor con Isabella. No puedo recriminarle nada, ni mostrarme enfadado.

—¿Sabes? He decidido no desperdiciar más mi vida —empieza a decir serenamente—. Da igual que parezca una chiflada adolescente con las hormonas revueltas a mis cuarenta años. Da igual. Quiero vivir. Quiero pasarlo bien y con Ángelo me lo paso bien. Antes de que digas nada... ¡No! No voy a enamorarme de él.

—Me quedo más tranquilo.

—¿Qué tal Isabella?

—No muy bien.

—¿Habéis hablado? —pregunta, con el mismo nerviosismo de hace un momento que no logro entender a qué es debido.

—Sí.

Me mira fijamente, pensativa y aún con signos de confusión que pueden ser debidos a que se acaba de despertar. Parece querer decirme algo, pero se limita a sonreír, para acto seguido entrar en el cuarto de baño a darse una ducha.

# ALICE

**M**aldita sea, no le ha dicho nada. ¡No le ha dicho
nada! Y seguro que está tan tranquila, mientras yo
froto en exceso mi piel para eliminar los restos de las
caricias de Ángelo, que sigue durmiendo en la cama.
«Calma, calma... respira hondo... eso es. Respira
hondo, como en yoga.» La puerta se abre. Entra
Ángelo desnudo y me mira pícaramente a través de la
mampara indiscreta de la ducha.

—Ángelo, sal de aquí, por favor.

—¿No quieres uno matutino?

—Mark está en casa.

—Mierda.

Sale corriendo del cuarto de baño para volver a
encerrarse en la habitación. «Ni que hubiera llegado
papá», pienso divertida, recordando la vez en la que
mi padre me pilló con Jack. Vino por primera vez a
casa de mis padres a pasar un fin de semana e
intentamos cumplir a rajatabla la primera norma de
los Morgan: dormir en habitaciones separadas bajo

el techo de *papá* y *mamá*. A la una de la madrugada, a Jack se le ocurrió la idea de colarse en mi dormitorio y a la una y media mi padre, que es muy avispado y siempre tiene que enterarse de todo, entró sabiendo que lo que vería no sería de su agrado. A mi padre nunca le había caído bien Jack. Desde que me separé, supe por qué. No era el hombre que me haría feliz. Supongo que son cosas que los padres presienten desde el principio. Tengo que ir a visitar a mi padre, se siente muy solo desde que mamá murió.

Cuando vuelvo a entrar en el dormitorio, encuentro a Ángelo sentado en el borde de la cama mirando al suelo. Por cómo se ha abrochado los botones de la camisa, parece que se ha vestido apresuradamente.

—Será mejor que te vayas. Lo de anoche fue una tontería y no se va a volver a repetir, al no ser que me apetezca —le aclaro.

—¿Ves lo que estás haciendo? Lo que hacen todas conmigo.

—¿Cómo? —pregunto sorprendida.

—Ni los buenos son tan buenos, ni los malos tan malos, Alice. Las mujeres queréis a los hombres como yo para pasar el rato, no para enamoraros, porque teméis que al día siguiente nos vayamos con otras. Pero no nos queda otro remedio si pensáis de esta forma. ¿Por qué no iba a enamorarme yo de ti? ¿No viste algo especial en mí en un principio?

—¿Cómo voy a confiar en ti si al día siguiente de hacer el amor conmigo estabas coqueteando con la primera turista que se te puso delante? —le ataco.

—Te recuerdo que ese día tú estabas con Mark.

—Solo salimos a dar un paseo por Montepulciano y a tomar algo —me defiendo.

—Lo mismo yo con...

—No recuerdas su nombre.

—No, pero da igual. Recuerdo el tuyo, pienso en ti, eso es lo que importa.

—No importa, Ángelo. Porque en dos semanas estaré en Nueva York y esto solo habrá sido un capítulo divertido en mi vida. Nada más. Lo más probable es que no vuelva a pisar este lugar y que tú y yo no nos volvamos a ver más.

—Nunca se sabe, Alice. La vida da muchas vueltas.

—Pero no todo el mundo da esas vueltas contigo.

—¿Y quién te gustaría que las diera? —pregunta sonriendo.

De nuevo un silencio como respuesta. Me siento en el borde de la cama junto a él y le doy un beso en los labios.

—Algún día aparecerá una mujer que quiera dar mil vueltas contigo, Ángelo. No por diversión. No por una simple fachada bonita o por una sonrisa deslumbrante. Algún día esa mujer sabrá ver en ti lo que a mí me pareció ver en un principio y no sospechará, ni tendrá dudas... simplemente confiará y tú debes hacer lo posible para que así sea.

—¿Esto es una despedida, Alice?

—Al menos es bonita, ¿no crees?

—Gracias.

—A ti.

—¿A mí? —ríe.

—Bueno, si no te hubiera conocido, puede que no hubiera podido empezar mi novela. Y debo decirte que a mi agente le ha encantado el protagonista masculino inspirado en ti también —le explico, guiñándole un ojo.

—¿Un personaje inspirado en mí?

—Te mandaré la novela dedicada cuando salga a la venta. A tu madre le hubiera gustado.

—Eso seguro.

Tras una mirada cómplice, nos fundimos en un abrazo que me reconforta y me hace sentir bien. A tan solo unos milímetros de mí, Ángelo acaricia mi cara y me da un beso fraternal en la frente.

—Pórtate bien, Alice Morgan.

—Lo mismo digo, Ángelo Cravioto.

Bajamos las escaleras en silencio y, sin que Mark se dé cuenta, Ángelo sale de casa alejándose por el sendero. Me apoyo en el marco del portón, observando cómo se aleja mi *amor de verano*. Sonrío satisfecha por una despedida que bien podría pertenecer a cualquiera de las novelas románticas que he escrito a lo largo de los años y, silenciosamente, le deseo lo mejor al conquistador italiano.

—¿Qué ha pasado ahí arriba, señorita? —pregunta Mark, acercándose a mí con dos tazas de café en la mano.

—Nada que no haya pasado en el dormitorio de Isabella, señor Hope.

—¿Café?

—Gracias.

# MARK

Alice parece triste desde que Ángelo se ha ido. No sé hasta qué punto, el que fue mi amigo de la infancia, es importante para ella. He hecho como que no me daba cuenta de que bajaban las escaleras para no interrumpirlos, pero al menos sé que Ángelo no ha sido mala gente con Alice. Al fin y al cabo, a lo mejor tiene sus sentimientos hacia ella. No sé, prefiero no pensarlo.

Alice y yo tomamos nuestros respectivos cafés en silencio, como si guardáramos secretos inconfesables entre nosotros. Para romper el hielo, decido contarle la propuesta televisiva y ella parece alegrarse por mí.

—Es lo que necesitas, te irá bien. Te dará ideas y un empujoncito después de la mala crítica —dice solemnemente.

—¿Cómo llevas la novela? —me intereso.

—Tu hermana está encantada con ella.

—Eso es bueno, ¿no?

—Siempre.

—No entiendo cómo alguien como tú puede ser amiga de mi hermana.

—¿Por qué?

—Se te ve tranquila y muy buena persona, Alice. Cindy es una arpía.

—¿Arpía? —ríe—. Bueno, un poco sí... pero congeniamos muy bien y a nivel profesional somos un gran equipo.

—Cindy siempre me ha hablado muy bien de ti. ¿Por qué no nos hemos conocido antes?

—Hasta hace un año tenía una vida monótona de mujer casada con una hija adolescente. Apenas salía, solo para promociones, presentaciones, eventos y cosas así... Una vida muy aburrida —explica, con una mueca divertida.

—¿Es más interesante ahora?

—¿Por estar soltera?

—¿Lo estás?

—¿Qué quieres saber? ¿Qué ha pasado con Ángelo? —Asiento—. Hemos tenido una bonita despedida. Le deseo lo mejor.

—Qué bien. Me alegro.

—¿De qué? ¿De qué nos hayamos despedido? ¿Por qué? —me interroga.

—No, bueno...

Quiero decirle que es lo mejor para ella. Que un tipo como Ángelo no le conviene, no la haría feliz. Yo sí. Yo estoy preparado para hacerla feliz, para darle un primer beso, para saber qué es lo que se siente al acariciar su piel y, a la vez, me siento incapaz de hacer todo eso porque Isabella sigue existiendo. Cuando estoy a punto de abrirme casi por completo, su teléfono móvil empieza a sonar. Alice frunce el ceño, me mira preocupada y contesta a la llamada.

## ALICE

—¿Qué pasa, Amy?

Maldita sea. Maldita sea. La voz de Amy suena ahogada, apenas puede hablar y casi no la puedo entender. Sé que algo ha pasado y que Isabella no tendrá la oportunidad de confesarle la verdad a Mark.

—Amy, tranquilízate. ¿Qué pasa?

Mark me mira seriamente, sabiendo tan bien como yo que, en cuestión de segundos, tendremos que salir corriendo.

—Isabella no respira... se ha caído por las escaleras y no respira... Mamá...

—Vamos para allá.

Mark grita enfurecido y, en un ataque de rabia, lanza la taza de café contra el suelo. Intento calmarlo con un abrazo y enseguida me doy cuenta que ha dejado la manga de mi camiseta empapada por sus lágrimas. Con los ojos enrojecidos y toda la pena de su corazón visible en la expresión de su rostro, se aferra a mí como si fuera lo único que tiene en la vida.

—Mark, escúchame. Todo irá bien. Todo irá bien.

Cogemos el coche, conduzco yo. Mark me dice que vaya más rápido, pero los caminos de tierra no dan para ir a mucha velocidad. Sigo tranquilizándolo con palabras inútiles que sé que no escucha y, antes de que pueda detener el coche frente a la casa de Isabella, Mark sale corriendo hasta el interior.

Segundos más tarde, entro yo. Amy está de pie con el brazo apoyado en la barandilla; lleva la melena rubia alborotada y unas ojeras que me dicen que la noche ha sido larga. Isabella está tumbada en el suelo con los ojos entreabiertos. Respira. Respira. Alessandro, con el rostro inundado en lágrimas, la sujeta por la cabeza. Mark se ha quedado en shock. Me acerco a ellos un poco y, sin que Mark repare en mi presencia, se arrodilla junto a Isabella y le empieza a hablar.

—Respira, Isabella. Respira. No te vayas aún, por favor... aún no... —solloza Mark.

Isabella lo mira dulcemente. Es la primera vez que puedo ver de cerca la muerte en los ojos de alguien. No puedo evitar ser egoísta y preguntarme cómo será mi muerte. ¿Quién estará presente? ¿Quién será la última persona a la que vea? ¿Qué diré?

Isabella parece querer hablar. «Venga, Isabella... saca fuerzas, saca fuerzas para contarle la verdad. No te puedes ir así, tienen que saber que son hermanos... no me dejes con esta carga, Isabella», pienso.

—No da miedo, ¿sabes? Morir... no da miedo.

Isabella aparta la mirada de Mark y la fija en Alessandro. Asiente con la cabeza, sonríe tristemente y, como si un ángel hubiera pasado por su lado, da un último suspiro y se va. Así, sin más. Como si fuera tan fácil... Isabella deja de respirar y se va.

Alessandro grita para deshacerse del dolor que lo consume, estrechando el cuerpo inerte de su madre contra su pecho. Amy aparta la mirada con los ojos llorosos y Mark, paralizado, observa la desesperación de Alessandro.

Es la escena más triste y deprimente que he visto en mi vida. Me resulta extraña e irreal, como si yo fuera una simple estatua que lo único que puede hacer es contemplar la muerte de cerca, pero no puede tocarla, ni siquiera puede sentirla. Tampoco puede dolerle o alterar su vida.

Por segundos, desaparezco de esa estancia inundada de dolor, para irme un momento junto a mi padre. Dos días después del funeral de mi madre, observé en silencio a mi padre desde el umbral de la puerta de su dormitorio. Cabizbajo, sacaba del armario los vestidos de mamá y los doblaba sobre la cama con sumo cuidado, como si pudieran romperse. O como si mamá tuviera que ponérselos y le regañara por la más mínima arruga. Sobre la mesita de noche, descansaba la primera foto que se hicieron juntos, cuando eran jóvenes y estaban repletos de vida. Vida.

Tiempo. Horas. Felicidad. Muerte. Una estatua. Una estatua que intenta encontrar un poco de paz en los recuerdos.

—Mamá... mamá... —Amy se ha situado a mi lado sin que yo me haya dado cuenta. Apoya su cabeza sobre mi hombro y llora en silencio.

—Cariño... ven, salgamos fuera.

Amy me abraza tan fuerte como cuando era una niña. Llora con desesperación, como cuando se hacía daño o necesitaba de mis brazos para sentirse protegida.

—Esto no eran las vacaciones idílicas que esperábamos, ¿verdad? —le digo.

—Es la vida, mamá. Es una mierda.

—Shhh... lo sé, cariño. Lo sé. Por eso tenemos que vivir. Mientras vivamos, tenemos que vivir. ¿Lo entiendes?

—Te quiero, mamá.

—Y yo. Pero no seas empalagosa, ¿sí?

—A partir de ahora lo seré. Siempre. Siento todas las idioteces que te he dicho siempre, mamá. Lo siento de verdad, yo...

—¿Aún no sabes que las madres lo perdonamos todo? Tenemos ese súper poder.

# MARK

"A veces, no necesitamos que alguien nos
arregle.
A veces, solo necesitamos que alguien nos quiera,
mientras nos arreglamos nosotros mismos".
*J. Cortázar*

**S**i alguien, alguna vez, me pregunta algo así como: «¿Cuál es el momento de tu vida que no podrás borrar jamás?», diré que este. Esta difícil escena que estoy viviendo como si fuera un personaje secundario dentro de una película, es uno de los momentos de mi vida que, con total seguridad, no podré borrar jamás. Y, a la vez, lo estoy viviendo como si fuera un sueño. Como si yo no estuviera presente ante tal tragedia y nada de esto estuviera sucediendo. Como si, de un momento a otro, Isabella fuera a abrir sus bonitos ojos del mismo color que el café, nos sonriera a todos y nos dijera que había sido una broma de mal gusto.

Alessandro sigue en su mundo. Un mundo que no puedo alcanzar, en el que se encuentran solo su madre y él. Una madre muerta, un cuerpo sin vida cuya alma ha volado en libertad muy lejos de aquí. Quisiera acercarme a él y decirle, como instantes antes me ha dicho Alice a mí, que todo irá bien. Pero lo cierto es que no puedo decírselo, porque no lo sé. No sé si todo le irá bien después de haberse quedado solo en el mundo junto a un desconocido que su madre pensó, antes de morir, que sería un buen compañero de viaje. Un buen padre. Un buen sustituto.

—En el primer cajón de la mesita de noche del lado izquierdo hay una carta. ¿Puedes ir a buscarla, Mark? —pregunta Alessandro, aún con el cuerpo de su madre muy pegado al suyo.

Asiento y arrastro mis pies hasta el dormitorio. Aún huele a ella, a un intenso aroma a vainilla. La cama en la que hace tan solo unas horas amé su cuerpo por última vez, está por hacer. Un sinfín de recuerdos golpean mi mente, acribillándola de ecos insoportables que me dicen que ella no volverá. Y, sin embargo, yo la sigo sintiendo. No como la mujer que se presentó en mi casa hace unos días, encomendándome la gran responsabilidad de quedarme con su hijo al confesarme que se estaba muriendo, sino como aquella joven con unos intensos ojos del mismo color que el café, que enamoró a un adolescente americano, un maravilloso verano de hace muchos años, en un rincón de la Toscana.

Abro el primer cajón de la mesita de noche del lado izquierdo tal y como me ha dicho Alessandro, y cojo el sobre sellado que hay en su interior. Bajo las escaleras y se lo entrego a Alessandro que, con mucho cuidado y cariño, deja el cuerpo de Isabella en el suelo. No quiero mirarla. No quiero recordarla así. Alessandro se levanta, se dirige a la cocina, y yo lo sigo con la mirada fija en el suelo. El joven seca sus lágrimas y, con una frialdad y madurez que me sorprenden, abre el sobre y me da la carta. En ella leo la voluntad de Isabella escrita de su puño y letra. Quiere ser incinerada y que sus cenizas sean esparcidas en lo más profundo del bosque al que se llega desde la *Via di Fonte al Vescovo*. Conozco el lugar y, sin necesidad de que ella lo tuviera que escribir, sé el punto exacto en el que hay que hacerlo. Junto al árbol cuya corteza aún conserva nuestras iniciales escritas veintiocho años atrás, por dos jóvenes que pensaban que ese amor duraría toda la eternidad.

Asiento.

Alessandro se acerca a mí y me da un abrazo.

—Todo irá bien, Alessandro. Te lo prometo — logro decir al fin.

# CAPÍTULO 12

## ALICE

"Cuando crees que conoces todas las respuestas,
llega el universo
y te cambia todas las preguntas".

Cuando un escritor escribe la palabra «FIN» en su novela, siente la satisfacción de haber dado por concluido un capítulo de su propia vida. También se apodera un sentimiento extraño de nostalgia, al tener que desprenderse de la historia y los personajes a los que ha creado para dejarlos volar hacia ojos curiosos que, a diferencia de la escritora, lo descubren todo por primera vez cuando ella ya conoce cada letra y cada escena.

La pena de despedirse y dejarlos volar hacia otras mentes que aplaudirán o rechazarán un mundo sobre el que tú has tenido pleno poder.

Hace una semana que Isabella murió. Por deseo expreso de ella, la incineraron y, aunque Amy y yo acudimos a la íntima ceremonia que se celebró en la Iglesia de *San Biagio* de Montepulciano, solo Mark y Alessandro fueron quienes se adentraron en las profundidades del bosque y esparcieron sus cenizas. Es como si la vida nos hubiera gastado una broma pesada y, aunque Amy y yo vivimos esta situación con mucho respeto y tristeza, son ellos los que llevarán una pesada carga sobre sus espaldas durante toda la vida. Hemos vivido muy de cerca la muerte de Isabella, y Amy parece tener un mayor respeto por la vida y por las personas que la rodean desde entonces, pero nos hemos quedado en un segundo plano. Como si no nos hubiera afectado, como si siguiéramos siendo esas estatuas que observan, pero no tienen la capacidad de sentir.

Mark y Alessandro se están conociendo y pasan la mayor parte del tiempo juntos, sobre todo en la cocina. Se entretienen elaborando deliciosos platos y, a menudo, hablan de Isabella y su recuerdo. Creo que Mark ha conocido a una nueva Isabella a través de las palabras de su hijo. Creo que sigue enamorado del recuerdo de ella o quién sabe... quizá de algo más.

Amy, por su parte, me ha sorprendido gratamente. Su comportamiento no es el de una niñata inmadura, sino el de una joven que ha sabido entender a la perfección la situación, y apoya sin agobiar a su "nuevo chico". A pesar de las circunstancias, él parece hacerla feliz. No he osado a preguntar qué ha pasado con Matt, por supuesto.

Y en lo que a mí respecta, no he vuelto a ver a Ángelo, aunque pienso en él a menudo y en nuestra última conversación, que forma parte de mi nueva novela recién terminada.


Apenas he visto a Mark. Me resulta imposible mirarlo fijamente a los ojos. Y todo por culpa del secreto que guardo bajo llave, desde que Isabella me lo confesó la misma tarde en la que nos conocimos. Una parte de mí la odia por eso. A lo largo de esta larga semana, he estado encerrada en mi dormitorio escribiendo. Ocultar esta información me está matando aunque, afortunadamente, he tenido un proyecto en el que trabajar noche y día; eso me ha ayudado a pensar un poquito menos en qué es lo que debo hacer. Sé lo que debo hacer, claro que lo sé. Pero no estoy preparada para hacerlo. ¿Por qué me lo contó a mí? ¿Por qué me dejó con esta responsabilidad? ¿Por qué no se lo dijo a Mark? Mark y Alessandro son hermanos. Hermanos. Y ahora que he escrito la palabra *Fin* en la última página de mi novela y estoy a punto de enviársela a Cindy, es el momento de volver a la realidad. Ya no tengo excusas para estar encerrada en mí misma, aunque sería fácil alargarlo solo una semana más. Sin embargo, sé que ha llegado el momento de salir de estas cuatro paredes que me han tenido prisionera durante siete días, y enfrentarme a las miradas de Mark y Alessandro que pensarán que estoy loca. O que soy una mentirosa. Una escritora de novelas románticas que se ha fumado un porro y ha dejado que su mente divague e invente fantasías imposibles. Lo peor de todo, es que el padre de Mark no está en este mundo para corroborarlo, aunque nunca llegase a sospechar nada, ni fuese responsable de los actos que cometió. Tampoco está Isabella para afirmarlo. Solo estoy yo. Soy la única que sabe la verdad de una historia en la que, sin querer, me he visto involucrada.

Son las cinco de la tarde. La conexión a internet gracias a una tarjeta wifi que compré en el pueblo y he ocultado a mi hija, va desesperadamente lenta, y aún se está cargando el documento que le tengo que enviar a Cindy. Normalmente, desde mi dormitorio, oigo las voces de Mark, Alessandro y Amy, pero me parece oír a alguien más. Una voz que me es muy familiar. Se me pone la piel de gallina al escucharla. No puede ser... No puede ser él. Él debería estar en Bali con la rubia de bote de veinticinco años.

—¡Mamá! ¡Mamá, baja!

Amy me llama a gritos. El documento adjunto se ha enviado con éxito. Oh, Dios... Esto no puede estar pasando. No puede estar pasando.

# MARK

Están siendo unos días difíciles y extraños. Hace una semana que Isabella falleció y aunque será imposible olvidar todo lo sucedido en tan poco tiempo, intentamos seguir viviendo con normalidad. Alessandro me tiene fascinado, es un chico muy especial. Le apasiona la cocina y, afortunadamente, se me ha pegado algo de ese entusiasmo por la profesión que ya daba por perdido. Me ha dado ideas que he transmitido inmediatamente a los encargados de mis restaurantes y ha hecho unas combinaciones de ingredientes sorprendentes. Me ha ayudado a innovar nuevos platos, a experimentar y a probar deliciosos sabores que por mí solo no hubiera descubierto nunca. Sobre el programa de televisión en el que empezaré a trabajar dentro de unas semanas, dijo que no le parecía buena idea si quería continuar siendo un chef serio y respetable, pero al menos, sería divertido poder presumir de *compañero de piso televisivo.*

—Eres un genio —le halagué el otro día.

—Tengo la suerte de estar junto al mejor —dijo, mirándome con admiración y sonriéndole a Amy, que siempre está con nosotros y muy pendiente de Alessandro.

Días raros. Días tristes pero con momentos alegres y divertidos. No nos permitimos estar tristes o pensar demasiado, Isabella no nos querría ver así.

Va a ir todo genial, seguro. Soy positivo al respecto.

A lo largo de estos días, apenas he visto a Alice. Se ha encerrado en su dormitorio y, centrada en su novela, se ha pasado la mayor parte de las horas escribiendo. Entiendo que los escritores necesiten de esos momentos de soledad para que las musas o lo que sea los vengan a visitar, pero en los pocos ratos que ha estado con nosotros, se ha mostrado fría y distante. No me ha mirado a los ojos en ningún momento, y cuando le he preguntado, en varias ocasiones, si quería ir a dar una vuelta por el pueblo, se ha limitado a negar con la cabeza absorta en su mundo y muy lejos de mí.

¿Cuándo creí que podría estar cerca de ella? ¿En qué momento se me pasó por la cabeza? Quiero hablar con ella y saber qué es lo que piensa realmente de todo esto. A lo mejor está incómoda, a lo mejor no sabe qué decir o qué hacer. A lo mejor no es la mujer sencilla y fácil de tratar que pensaba que era. Una vez más, me he pasado de listo y me he equivocado. Si ya de por sí es complicado conocer de verdad a alguien en años, ¿por qué pensaba saberlo todo sobre Alice, si no hace ni un mes que la conozco?

Al hablar con Cindy, que sintió mucho la pérdida de Isabella y se quedó muda al enterarse que no volvería a Nueva York solo, me dijo que Alice era un poco así: «Es muy común, ¡ni te preocupes! Alice suele aislarse del mundo y de todas las distracciones que puedan afectarla cuando tiene que trabajar. Sobre todo teniendo tanta presión como la que tiene encima.» Y después me interrogó sobre Alessandro, sobre estos días en la Toscana e insistió en que entre Alice y yo había habido algo. «No ha habido, ni hay nada, Cindy. Te lo juro», repetí cien veces, para que dejara de insistir. «O sea, que seguirás rompiendo corazones a diestro y siniestro, Hope», dijo riendo. No contesté a eso. Nadie puede cambiar de la noche a la mañana. Pienso seguir teniendo aventuras, alejarme de aquellas mujeres que pueden romperme el corazón y pasármelo bien; disfrutar de cada momento. Pero no voy a fingir ser alguien que no soy. «Mark, no creía que fueras tan sensible», volvió a decirme Amy hace unos días. Lo era y lo soy. Qué le voy a hacer. Le he prendido fuego al caparazón de tipo duro e insensible. «La vida puede cambiar en cuestión de segundos. Incluso las personas, Amy», respondí yo. Ella asintió, cogió mi mano y la estrechó con cariño contra su mejilla.

*El ex*

Temo el momento en el que Alice salga de su dormitorio, baje las escaleras y se encuentre de frente con su ex marido. No sé cómo a Amy se le ha ocurrido la idea de llamarlo en secreto e invitarlo, con la esperanza, al saber que había roto su relación con la rubia de bote de veinticinco años, de que volviera con su madre. Es algo lógico. Un hijo no quiere lo mejor para sus padres, quiere lo mejor y lo más fácil para sí mismo: que vuelvan a estar juntos.

Jack no es el hombre que me había imaginado. En mi mente había existido un hombre de cuarenta y tantos años, atlético y atractivo, que había sido capaz de ligarse a una jovencita, teniendo la oportunidad de dejar a su mujer de toda la vida. Ahora que lo tengo enfrente, no sé qué vio Alice en él o la rubia de bote de veinticinco años. Bajito y entrado en carnes, luce una barba canosa descuidada, que contrasta con el poco cabello que le queda en la cabeza. Sus ojos son pequeños, de un color verde oscuro y su nariz con la punta reluciente, grande en exceso.

—¡Papá! —ha exclamado Amy al abrir la puerta. Lo ha abrazado y él, algo arrogante y frío, se ha limitado a darle unas palmaditas en la espalda—. Menos mal que has venido. Mamá no sale de la habitación ni para comer. ¡Está de un raro! Escribiendo, ya sabes... Mira, te presento a Mark. Es el propietario de esta casa, el hermano de Cindy, ¿te acuerdas? La agente de mamá. Claro que lo sabes. Bueno... —Se ha puesto roja como un tomate al verse en la obligación de presentarle a su "nuevo novio"—. Y él es Alessandro, mi novio.

Amy, nerviosa, no ha parado de hablar en todo momento. Jack nos ha dado la mano a Alessandro y a mí, y nos ha mirado con indiferencia; más pendiente de las escaleras por las que Alice debería bajar de un momento a otro, que de nosotros o incluso de Amy.

—¿Qué tal por Bali, papá? Así que esa novia por la que dejaste a mamá está fuera de tu vida, ¿verdad? ¡No sabes cuánto me alegra! Mamá y tú tenéis que volver, ya verás como...

—Llama a tu madre —la ha interrumpido Jack, con esa insolencia con la que se ha mostrado en todo momento. Me dan ganas de partirle los dientes. Creo que Alessandro piensa lo mismo de su suegro.

—Claro, papá —responde Amy decepcionada—. ¡Mamá! ¡Mamá, baja!

## ALICE

Podría hacerme la sorda. Como si no hubiera oído nada. O podría simular un desvanecimiento. Eso es, tumbarme en la cama, cerrar los ojos y, por mucho que me zarandeen, no reaccionar. No, no sería buena idea, se me nota la sonrisilla enseguida. Podría saltar por la ventana y huir de aquí. Coger un taxi en Montepulciano que me lleve al aeropuerto y volver a Nueva York. Al fin y al cabo, Amy está con Mark y Alessando; está en buenas manos y sería él el encargado de traérmela a casa sana y salva.

—¡Mamá! —insiste Amy desde abajo.

Me levanto de la silla haciendo un esfuerzo sobrehumano, y me acerco a la puerta. La abro despacito, como si quisiera que ese momento durara para siempre.

Puede sonar dramático, pero el abismo se cierne ante mí, cuando me encuentro en el umbral de las escaleras a punto de dirigirme a un destino inevitable, como es el de tener que ver a mi ex marido después de meses sin saber nada de él.

Me detengo bajo el arco que conduce al salón en el que Mark, Alessandro, Amy y Jack se encuentran, sentados en el sofá. Los cuatro me miran; sus miradas son distintas entre sí. Veo ilusión y esperanza en la mirada de Amy; confusión y miedo en la de Mark; Alessandro parece no enterarse de nada y para Jack es como si hubiera visto la inmensidad del cielo ante él. Se acerca a mí y me da un efusivo abrazo que me niego a corresponder. Mark sonríe, frunce el ceño y se encoge de hombros al ver mi reacción. Quisiera preguntarle por qué le ha permitido entrar. Por qué no ha sido tan borde y arrogante como lo fue conmigo y con mi hija el primer día que nos vimos en esta misma casa.

—¿Qué haces aquí? —le pregunto a Jack fríamente.

—Alice, no sabes cuánto te necesito. Por favor, hablemos. Necesito hablar contigo.

—No. Tú y yo no tenemos nada de qué hablar.

—Mamá, por favor... —interviene Amy.

—¿Ha sido cosa tuya? ¿Tú lo has llamado y le has dicho que viniera? —le pregunto furiosa.

—Sí, mamá. He sido yo. Porque él está soltero y tú no sabes qué hacer con tu vida desde que no está contigo.

—Amy, ¡cállate! ¡Tú no sabes nada! ¡No tienes ni idea de nada! —le grito.

En cuanto veo sus lágrimas, deseo dar marcha atrás unos segundos y no haber dicho nada. Reprimiría la rabia que siento ahora mismo al tener a Jack a mi lado y no lo pagaría con mi hija por ser la causante de la incómoda e inesperada situación. Mark y Alessandro se acercan a Amy protegiéndola, y a mí no me queda otro remedio que llevarme a Jack fuera del salón, y hablar con él en la intimidad como dos personas adultas que es lo que somos, para dejar claras ciertas cosas.

—Hay limonada en el jardín. Por si quieres un poco —dice Mark, el perfecto anfitrión, rodeando con sus brazos a mi hija.

Me tiemblan las manos. También el mentón. Estoy haciendo un gran esfuerzo para no llorar. Jack me sigue y nos sentamos en el jardín. Me sirvo un refrescante vaso de limonada y, segundos después, Jack hace lo mismo.

—No pensaba que reaccionarías así al verme, Alice —dice Jack—. Estoy decepcionado.

—¿Decepcionado? Serás cara dura. ¿Y qué esperabas? Un... ¡Oh, por fin estás aquí! ¡Por fin has vuelto! ¿¡Cuánto te he echado de menos!? —me río. Me río para no llorar.

—No, pero un poco más de alegría, al menos.

—Jack. Firmamos unos papeles, tomaste tus propias decisiones. Y lo peor de todo, es que, en todo este tiempo, no solo parece que te hayas separado de mí, sino también de tu hija. Eso es lo que me duele, lo que me ha hecho ver que eres la peor persona que conozco en este mundo y no sé cómo he podido estar tantos años contigo.

—Vaya... —murmura.

—Quiero que desaparezcas de mi vida, pero no de la de Amy. Amy te necesita, de hecho creo que se lleva tan bien con Mark porque ha intentado encontrar en él lo que tú jamás le has dado.

—Y ese tal Mark... ¿Estás con él?

—No, claro que no. Es el hermano de Cindy, solo hemos coincidido en esta casa y... y no tengo por qué darte explicaciones, Jack. Quiero que te vayas de aquí.

—¿No me das ni siquiera una oportunidad?

Lo miro fijamente. Las vacaciones en Bali han bronceado su piel, pero la jovencita con la que ha estado lo ha dejado con menos pelo en la cabeza y las neuronas chamuscadas. Me río disimuladamente, eso hace que Jack crea que aún tiene esperanzas.

—¿Eso es un sí?

—Perdona... estaba pensando en... nada, déjalo.

No puedo parar de reír. Jack me mira con desconcierto y le indico que espere un momento hasta que esta risa tonta y nerviosa desaparezca de mí. Pero no puedo... no puedo parar de reír. Y aún empiezo a reír más cuando Mark se asoma y pregunta si todo va bien.

—¿Qué te has tomado, Alice? —pregunta seriamente Jack.

—Perdón... perdón... Sí, Mark, todo genial. Ven, puedes quedarte con nosotros.

—No, claro que no puede quedarse con nosotros —interviene Jack.

—Es mi casa, Jack. Puedo ir adónde me dé la gana —dice Mark—. Y lo cierto es que, aunque tu hija esté feliz de verte, eres una visita *non grata*. ¿Se decía así, Alice?

—Así se decía, Mark.

—Ya veo. Pensé que podríamos estar juntos, Alice.

—Cuántas, Jack.

—¿Qué?

—¿Con cuántas mujeres estuviste mientras estabas casado conmigo?

El silencio como respuesta. Mark mirándonos como si estuviera en el momento álgido de un partido de tenis. La duda en la expresión de los ojos de mi ex, que afirmaba, sin necesidad de palabras, todo lo que había sospechado durante el tiempo que había vivido con una venda en los ojos.

—Ve con Amy. Id a dar una vuelta por Montepulciano, te gustará. Y déjame en paz.

La última vez que vi a Jack fue en el despacho de nuestro abogado. Firmamos los papeles del divorcio y repartimos los bienes comunes. Jack no me miró ni una sola vez. Yo, desesperada y con lágrimas en los ojos, buscaba en todo momento su mirada y su consuelo. No lo obtuve. No creí, jamás, después de todo aquello, que cayera tan bajo y recorriera tantos kilómetros para intentar recuperarme.

—Deseo que seas feliz, Jack. Gracias por haberme dado una hija tan estupenda, es lo mejor que has hecho y harás en tu vida, créeme.

Jack asiente en silencio, mira a Mark y seguidamente a mí. Amy lo mira desde el pasillo, pienso que Jack la abrazará y se la llevará a dar una vuelta por Montepulciano tal y como le he recomendado pero en vez de eso, la ignora y, sin ni siquiera mirarla, sale por la puerta de casa dando un portazo tras de sí. La escena me impacta; lo hace mucho más el hecho de ver llorar a Amy como si fuera una niña desprotegida que acaba de perder lo más valioso de su vida. Voy corriendo hacia ella y la abrazo tan fuerte como soy capaz.

—¿Por qué es así, mamá? ¿Por qué? —pregunta entre sollozos.

—Ya está mi vida, ya está...

—No quiero volver a verlo nunca más. Nunca.

# MARK

**P**obre Amy. En cierto modo me ha recordado a mí. Mi padre era un tipo similar a Jack. Duro, frío e implacable; se creen dueños del mundo y de los sentimientos ajenos. Tratan mal a sus mujeres engañándolas con otras, e ignoran a sus hijos cuando más los necesitan. Siempre ocupados, siempre pensando en sí mismos, no se dan cuenta de lo que de verdad importa. Por eso, mi hermana y yo somos como somos. No nos hemos casado y no hemos tenido hijos por miedo a hacerles daño, tal y como mi padre se lo hizo a nuestra madre y a nosotros. El dolor ajeno me afecta más de lo que pensaba; me he dado cuenta que dos completas desconocidas se han vuelto imprescindibles en mi vida y así quiero transmitírselo a Alice y a Amy. Cuando volvamos a Nueva York no viviremos bajo el mismo techo, pero querría seguir teniendo contacto diario con ellas.

Cuando Alice termina de consolar a Amy, le dice que vaya con Alessandro a dar una vuelta por Montepulciano. Cuando los chicos se van, Alice suspira y se acerca a mí, que me he quedado en el jardín con mi vaso de limonada. Alice enciende un cigarrillo. Se la ve agotada y triste; sigue sin mirarme fijamente a los ojos.

—¿Pasa algo? —le pregunto.

—No, nada...

—¿Has terminado la novela?

Asiente.

—¡Hay que celebrarlo! ¿Quieres que vayamos los cuatro a cenar a un restaurante genial que conozco en Montepulciano?

—Puede.

—Alice, ¿qué pasa? Desde que murió Isabella te has encerrado en tu dormitorio, apenas has salido ni has hablado con nosotros. Ni siquiera puedes mirarme a los ojos. ¿Tanto te ha afectado lo que pasó?

Al fin me mira. Un cúmulo de sentimientos vienen directos hacia mí. Pienso en aquella *no-cita* que tuvimos en Nueva York, en el crítico literario que me amargó la noche y en el día que Alice le dio una bofetada a Ángelo, del que no hemos vuelto a tener noticias. Pienso también en Amy y en lo mucho que pensé en Alice la noche que estuve con Isabella. Ahora que ella no está, me he convencido a mí mismo que lo que tuvimos no fue amor. Que puede sonar ridículo que sí estuviéramos enamorados del recuerdo, pero no teníamos nada más. Éramos dos desconocidos que hicieron el amor con el único fin de volver a tener un bonito recuerdo juntos y un buen sabor de boca al final de sus vidas. Solo eso, nada más.

Ahora, el corazón se me acelera por Alice. De nada sirven las promesas que me he hecho a mí mismo: ignorar a las mujeres que pueden destrozarme. Con ella es distinto. Y no sé si ella sentirá lo mismo; si no puede mirarme a los ojos por timidez, por miedo o porque piensa que no me atrae. Puede que sea un buen momento para confesarle todo el lío que tengo en mi cabeza y hacerle entender que puede confiar en mí. Que mi tiempo como casanova terminó y que he aprendido a valorar otras cosas.

—Ha sido muy duro, ¿verdad? —dice al fin.

—Lo superaremos —respondo sonriendo.

—Qué pena tener que dejar todo esto y volver a Nueva York... me da pereza.

—Puedes volver siempre que quieras.

—¿Ya no somos visitas *non gratas*? —ríe.

—Sabes que no. Ha sido un verano raro, ¿no?

—Muy raro.

—Alice, ¿yo te gusto? —suelto de repente. «Bravo, Mark, te has lucido. Bienvenido a los trece. Trágame tierra», pienso. Pero entonces, Alice abre mucho los ojos y sonríe. Le da una calada a su cigarrillo y un sorbo a la limonada. De repente, empieza a reír.

—¿Qué pregunta es esa, Hope? Pensaba que te gustaban las de treinta.

«¿Eso es un no? ¿Insisto o me callo?»

—Mark, creo que te estás confundiendo. Todo lo que ha ocurrido con Isabella, Alessandro y Amy; este lugar tan idílico... No sé por qué me preguntas si me gustas o no. En unos días volveremos a Nueva York, tú trabajarás en ese programa para mujeres con principios de menopausia y yo en la promoción de mi novela. Nos olvidaremos el uno del otro y...

—¿Nos olvidaremos el uno del otro? —la interrumpo—. ¿Eso significa que piensas en mí como algo más que un amigo?

—Es posible, Mark. No te digo que no, no sé... recuerdo el momento en el que te vi entrar por la puerta de tu local, la noche de nuestra no-cita. —Empieza a reír—. Y sí, pensé que eras muy atractivo... pero luego la pifiaste de tal manera que no quise verte de esa forma cuando llegamos aquí y te vimos en la piscina. Cuando nos trataste tan mal. Han pasado los días, nos han pasado cosas y ahora me caes genial.

—Eso de me caes genial no me ha gustado.

—No he terminado. Sí, me gustas Mark —reconoce al fin—. Claro que me gustas, pero no es el mejor momento para...

La beso. Siempre he sido un hombre de acción y pocas palabras. Alice se deja, no pone impedimento y coloca una mano en mi nuca. Cuántos años sin sentir, cuántos años sin saber qué se siente al dar un beso de verdad. En estos momentos, sé que lo que sentí al besar a Isabella la última noche de su vida solo fue una pequeña confusión e ilusión, por muy duro que parezca, de aquel adolescente que aún queda en mí.

Besar a Alice es como volver a casa, como visitar un lugar en el que querrías estar siempre. Cuando nuestros labios se separan, nuestras frentes se juntan. Alice empieza a reír y niega con la cabeza; pero entonces, me vuelve a besar.

Dejarse llevar, sentir cuando la ocasión lo requiere. No pensar en nada más que en quien tienes enfrente y que es, por muy increíble que parezca, la persona que habías esperado durante toda tu vida a pesar de un mal comienzo.

# ALICE

Oh, oh.

¿Cómo he podido vivir durante cuarenta años sin estos besos?

¿Sin este cosquilleo en el estómago?

¿Sin estas manos?

¿Sin esta mirada que me lleva hasta el mismísimo cielo?

¿Cómo le digo ahora la verdad?

¿Cómo le digo que Alessandro y él son hermanos?

La pasión va *in crescendo* a medida que nuestros labios se acostumbran a los besos que no podemos evitar seguir dándonos. Nos miramos fijamente y las ganas pueden más que nuestra supuesta madurez. Deberíamos comportarnos, deberíamos esperar... pero si de algo nos hemos dado cuenta, es que la vida es muy corta; que hoy estás y mañana quién sabe. Entrelazamos nuestras manos y subimos al piso de arriba. Entramos en el dormitorio de Mark y nos desvestimos el uno al otro despacio, cuidadosamente. Es un momento muy dulce que quiero retener para siempre en mi memoria. Es nuestra primera vez.

Nos tumbamos en la cama, nos acariciamos y seguimos besándonos como si fuéramos dos quinceañeros que acaban de descubrir qué es el amor. ¡Oh, Dios! ¿Es esto amor? En un minuto he sentido más que en toda mi vida con Jack. En este momento, no envidio a mi "yo adolescente" que vivió un verano maravilloso con un guapo y joven Thomas en un campamento de Colorado. Simplemente quiero ser yo misma, a mis cuarenta años, disfrutando del momento junto a Mark. Solo con él. Solo él.

# CAPÍTULO 13

## ALICE

Creo que Alessandro y Amy se han dado cuenta, desde que han llegado a casa, que ha habido algo entre Mark y yo. Nos miran con una pícara sonrisa, mientras Mark y yo no podemos dejar de mirarnos y rozarnos disimuladamente todo el rato. Hemos decidido preparar pizza para no perder la costumbre, y Amy nos ha prometido unas tortitas de postre excelentes, con una nueva receta que ha visto en un portal de internet de cocina. ¡Qué obsesión! Nos hemos reído, hemos puesto los ojos en blanco y le hemos empezado a decir que esta noche el cuarto de baño estará muy solicitado por una mala digestión.

—¡Venga, ya! ¡Qué poca fe tenéis en mí! Así es cómo queréis que mejore mis artes culinarias, ¿eh? —ha dicho riendo.

Sin embargo, siempre tiene que haber algo o alguien que estropee un momento perfecto. Llaman a la puerta, voy a abrir yo y vuelvo a encontrarme de frente con Jack. Alessandro y Amy, ajenos a la presencia de mi ex, siguen en la cocina; pero Mark ha venido detrás de mí con curiosidad por saber quién se presenta en su casa a estas horas.

—¿Qué haces otra vez aquí, Jack? ¿No has tenido bastante? —pregunto, cruzándome de brazos.

La situación se enrarece cuando Jack, con las mejillas encendidas, se abalanza contra mí y me besa. Intento apartarme de él, apesta a alcohol; pero es Mark quien tiene que separarlo a la fuerza de mí. De repente, y ante la presencia de Amy y Alessandro que han venido a ver qué pasa, Jack golpea a Mark propinándole un puñetazo en el ojo que él le devuelve, y acaban enzarzados en una pelea frente a las escaleras. Me llevo las manos a la cabeza, no sé qué hacer y es Alessandro quien interviene, con la intención de separarlos. Finalmente, Mark se levanta con la nariz sangrando y Jack se queda tirado en el suelo maldiciéndonos a todos y sin poderse levantar debido a la borrachera.

—¡Papá! —exclama Amy, dolida, acercándose a él.

—Dile a tu madre que tiene que volver conmigo. Conmigo es con quién tiene que estar.

Jack apenas puede vocalizar bien. Amy, asqueada, me mira interrogante.

—Llévalo a una de las habitaciones de invitados —dice Mark—. Que duerma la mona un rato.

Amy asiente y se lleva a su padre hasta uno de los dormitorios.

—Mark, ¿estás bien? —le pregunto, tocándole con cuidado el ojo que, de un momento a otro, va a empezar a amoratarse.

—He tenido noches mejores —ríe.

Vamos hasta el cuarto de baño y le curo con sumo cuidado las heridas.

—Lo siento, de verdad que lo siento... —me lamento.

—No es culpa tuya, Alice —dice Mark, acariciando mi mejilla. Le doy un beso. Me pregunto cuándo encontraré el momento adecuado para confesarle que Alessandro es su hermano. Me pregunto cómo reaccionará. Quisiera que Isabella aún estuviera viva para que fuera ella quien pudiera decirlo.


Con normalidad, como si no hubiera ocurrida nada, y dejando a Jack en uno de los dormitorios durmiendo la mona; Mark, Alessandro, Amy y yo, salimos al jardín a degustar nuestra pizza casera. Mark, dolorido, no deja de mirarme y yo me pregunto qué pensará. Qué pensará de mí, de mi ex marido, de mi vida. Los chicos se retiran pronto a sus respectivas habitaciones o eso dicen, prefiero hacerme la tonta y no decir que sé que duermen juntos. De nuevo, Mark y yo. Solos.

—¿Te atreves a comer un trocito de tortita? —me pregunta riendo.

—Ni hablar. ¿Te duele el ojo? Podríamos ir al médico.

—No es nada. Ni que fuera mi primera pelea.

—¿No?

—Digamos que... algún que otro novio celoso ha pagado el coqueteo de su chica conmigo.

—¡Es verdad! No recordaba tu pasado como conquistador.

Niega con la cabeza, como queriéndome decir que todo eso ya es agua pasada. ¿Qué tengo yo que pueda hacerle cambiar? ¿Qué tengo yo que no hayan tenido otras mujeres que hubieran pasado el resto de sus vidas con él? Una llamada telefónica rompe el momento en el que creo que sería adecuado confesarle el secreto que Isabella ha mantenido durante todos estos años. Es Cindy, y Mark, al ver que es ella, coge mi teléfono móvil.

# MARK

—¿Qué quieres? —le pregunto a Cindy.

—Oh... ¿Molesto? —dice riendo.

—Tienes ese don.

—Así que no estaba tan equivocada cuando os organicé esa cita a Alice y a ti, ¿verdad? ¿Dónde quedó eso de que a ti te gustaban las de treinta y no las de cuarenta?

—Cállate, pesada.

—¿Cuándo volvéis?

—En seis días.

—Genial, porque tu chica ha escrito la novela romántica más alucinante que he leído en mi vida y hay que empezar a trabajar en ella ya —dice entusiasmada.

—Me alegra oír eso. Cindy, ¿puedo hacerte una pregunta? —digo, mirando a Alice.

—Miedo me das.

—Cuando le diste las llaves a Alice, tú sabías que yo estaba aquí en Montepulciano, ¿verdad?

—Pues claro.

—O sea que tú...

—Sí, me voy a hacer pitonisa. Pásame a Alice, que la llamada me va a costar un riñón.

Alice sonríe. Coge el teléfono y me quedo escuchando la conversación entre Alice y Cindy que, al alzar tanto la voz, casi puedo oírla con total claridad. Parece emocionada y con unas ganas tremendas de publicar la novela de Alice, que si no he oído mal, se titula *Un amor en la Toscana*. Me pregunto si hablará de mí. De Ángelo o de Jack. Si habrá algún personaje que pueda recordarme a Isabella o alguna situación dramática que me haga revivir la experiencia de estos días.

—Tu hermana es... —empieza a decir Alice al colgar el teléfono, tratando de buscar la palabra adecuada para definir a Cindy.

—Inigualable —termino yo, agradeciéndole en silencio a mi hermana el momento de locura que tuvo, al darle las llaves de nuestra casa familiar a Alice.

Lo que siempre me ha gustado de mi hermana es su carácter impulsivo. No le teme a nada ni a nadie; si le apetece hacer algo lo hace sin pensar en las consecuencias. Podría haber sido fatídico. Yo podría haber reaccionado peor. Afortunadamente, supe calmarme a tiempo y ver el lado bueno de tener a dos invitadas *non gratas* en casa, trastocándome mis planes de un verano solitario y revelador profesionalmente hablando. De no haber sido así, de haber estado todos y cada uno de estos días cabreado, no hubiera vivido lo que ha sido el mejor verano de mi vida por un lado; y el más triste y extraño por la aparición y desaparición de Isabella, poniendo patas arriba mi vida.

—Mark, ¿qué va a pasar ahora?

—¿A qué te refieres?

—Entre tú y yo.

—¿Tienes dudas? ¿No quieres probar a ver qué pasa?

—Mark, tengo cuarenta años. No estoy para tonterías.

—Ni yo —apunto seriamente, cogiendo su mano.

—Ha sido un día muy intenso... —dice, mirando mi ojo amoratado.

—¿Un día muy intenso? Llevamos viviendo unos días muy intensos. Yo lo único que quería al venir aquí, era estar solo y tranquilo y fíjate... La que me habéis liado. —Niego con la cabeza y me río.

—¿Te acuerdas mucho de Isabella?

—Todo el rato —reconozco. A Alice no parece afectarle escuchar la verdad—. Voy a ser sincero contigo, Alice. Creo que te lo debo. La última noche, cuando tú volviste a casa y Amy y yo nos quedamos con Isabella y Alessandro... sí, hicimos el amor. Estuvimos juntos y, por un momento, pensé que era una chorrada eso de estar enamorados del recuerdo. Pensé que estaba enamorado de ella y ella de mí, que podría ser el principio de algo aunque supiéramos que solamente se trataba del principio del fin. Que quedaba poco tiempo... de hecho, ya ves... apenas unas horas después, ella murió.

—No hace falta que te sinceres tanto, Mark. Ya lo sospeché... lo de Isabella y tú. Supongo que fue algo así como acabar de cerrar un capítulo de tu vida, ¿verdad? A menudo, los mayores, dicen que los amores adolescentes de verano son una tontería. Pasajeros, se olvidan al poco tiempo.

—Pero no es verdad —afirmo.

—No, no es verdad —repite—. El vínculo que teníais Isabella y tú era muy fuerte, no se rompió a pesar de haber pasado tantos años. Me entristece ver cómo ha acabado todo, cómo ha acabado Isabella y de eso quería hablarte.

—¿De qué?

—Isabella...

Alice suspira y enciende un cigarro. Parece nerviosa, parece llevar una carga pesada y, de nuevo, deja de mirarme fijamente a los ojos. Como si no pudiera hacerlo, como si hubiera una fuerza sobrenatural que le impidiera enfrentarse cara a cara conmigo.

—¿Qué pasa, Alice?

## ALICE

«**A**lice, respira... respira... Que no note que estás nerviosa. Que no note que el corazón te va a mil por hora... Dios, respira... Te va a dar algo... ¡Respira!»

—Alice, ¿qué pasa? —insiste Mark.

—Es muy difícil para mí tener que ser yo la que te cuente esto, Mark —empiezo a decir, sacando valor de donde no lo tengo.

—¿El qué?

—No es casualidad que Isabella pensara en ti para cuidar de su hijo cuando ella ya no estuviera.

—¿A qué te refieres?

Ahora es él el que está nervioso.

—Mark... —Miro hacia el cielo estrellado. Siempre he creído en la estúpida idea de que cuando las personas se van de este mundo, suben allá arriba y se convierten en estrellas que nos observan y nos vigilan. Algunas brillan más que otras, dependiendo de lo que hayan hecho en su paso por la tierra. Isabella debe ser una de esas estrellas brillantes...

por toda la luz que dejó aquí, por lo mucho que la amaron. Pero en silencio, deseo que se convierta en una estrella fugaz y vuelva a la tierra desintegrada en mil pedacitos, por dejarme con la carga de contarle a Mark su secreto—. Alessandro y tú sois hermanos —suelto de repente.

Mark empieza a reírse. Frunce el ceño, niega con la cabeza, coge uno de mis cigarrillos y se lo enciende con torpeza. Le tiemblan las manos, observo cómo su nariz ha vuelto a sangrar. Le ofrezco un pañuelo y se levanta. Da una vuelta alrededor de la piscina, tira el cigarrillo al agua y vuelve rápidamente hacia mí, sentándose a mi lado.

—Estás loca.

—No estoy loca. Tranquilízate y deja que te explique, ¿vale? —asiente, cruzándose de brazos y mirándome como si, indudablemente, sí estuviera loca—. La tarde en la que conocí a Isabella me contó esa parte oscura que no se atrevió a decirte a ti. Hace años, se dedicó a la prostitución de lujo.

—¿Isabella? No, qué va... Isabella no, no puede ser.

—Por favor, escúchame.

—Vale —dice a regañadientes.

—Por lo visto tu padre viajó a Florencia por negocios y fue a la agencia de prostitutas en la que ella trabajaba. Y la eligió a ella sin recordar quién era. Se emborracharon, hicieron el amor... —La cara de Mark es un poema. Le asquea escuchar lo que le estoy contando y a mí me asquea imaginar todo lo que debe estar pasando por su cabeza—. Se rompió un preservativo y tres meses más tarde Isabella supo que estaba embarazada. Alessandro es hijo de tu padre. Sois hermanos.

Doy por concluida la conversación. Siento que me he liberado de una pesada carga que me tenía consumida por dentro. Una pesada carga con la que no podía vivir ni un minuto más. Mark se levanta, me mira con furia, me señala con el dedo y dice las palabras que jamás pensé que tendría que escuchar.

—Vete de mi casa inmediatamente, Alice. Estás loca. Solo me has contado esto para que odie a Isabella, porque no soportas que la recuerde en todo momento. No creí que fueras así, tan mala persona. Vete.

—Mark, por favor... entra en razón...

—Ve a buscar a Amy y al asqueroso de tu ex marido y fuera de mi casa. ¡Los tres!

De todas las reacciones que pensaba que tendría, esta era la que menos esperaba y deseaba.

«No voy a llorar. Me niego a llorar.»

# MARK

**A**sco, rabia, furia. No pensé que Alice pudiera sacar lo peor de mí. Pero lo ha hecho, contándome una patraña que no creo ni quiero creer.

¿Isabella dedicándose a la prostitución? Ni en mil vidas; eso no es posible. ¿Alessandro mi hermano? ¿Estamos locos?

Amy sale del dormitorio sin entender nada, al igual que Jack, que nos mira a todos con la confusión de quien tiene resaca. Alessandro pregunta una y otra vez por qué se tienen que ir, qué es lo que ha pasado. Ahora soy yo el que no puede mirar a Alice directamente a los ojos. No puedo. Me sirvo una copa de whisky y dejo que el alcohol consuma la soledad en la que se ha quedado la casa desde que Alice y Amy se han ido. Alessandro sigue preguntando, sigue insistiendo...

—Mark, pero ¿por qué? ¿Qué ha pasado entre Alice y tú?

—Está loca, Alessandro. Está loca.

Lloro. Lloro de rabia y de pena. Alessando se acerca a mí.

—Vete a dormir, Mark. Sea lo que sea que haya pasado, mañana lo verás todo de otro color. Mírame a mí... una semana sin mi madre y, cada día que pasa, parece que todo va cambiando. La echo de menos, mucho... —se sincera—, pero estoy aprendiendo a vivir con su ausencia. Si yo puedo con eso, tú puedes con todo.

No puedo decirle nada. Lo miro a los ojos y sigo viendo algo de mí en ellos. ¿Es mi hermano? ¿Alessandro es mi hermano? Me asquea pensar que mi padre estuvo en el interior de una joven Isabella dedicada a la prostitución. A ganar dinero acostándose con hombres. Nunca he tenido nada en contra, pero ¿Isabella? ¿Con mi padre? Quiero vomitar. Estoy mareado y vuelve a sangrarme la nariz. No hace ni media hora que Alice y Amy se han ido y ya echo de menos la risa de la chiflada adolescente adicta a las tortitas. También el sonido de la teclas del ordenador de Alice. ¿Y si me ha dicho la verdad? ¿Por qué Isabella no me lo contó desde un principio?

—Alessandro. Cuando vayamos a Nueva York, tú y yo nos haremos unas pruebas de ADN.

—¿Unas pruebas de ADN? ¿Por qué?

—Alice me ha contado que tú y yo somos hermanos.

Alessandro se queda mudo. No dice nada y sube hasta su dormitorio. Podría coger el coche, conducir a toda velocidad con tal de pillar a tiempo a Alice y a Amy, antes de que cojan un avión que las lleve, antes de lo que tenían previsto, a Nueva York. Podría detenerlas, pedirle perdón a Alice; decirle que siento haberla llamado loca y haber reaccionado tan mal. Pero el whisky está haciendo de las suyas en mi organismo y estoy a punto de caer en un profundo sueño.

Al día siguiente, tal y como ha dicho Alessandro, lo veré todo de otro color, seguro. Al día siguiente...

# CAPÍTULO 14

*Tres semanas más tarde*

## ALICE

—**D**eja de atormentarte, Alice. Por favor... Y céntrate en lo que debes centrarte, que es en tu novela —me aconseja Cindy fríamente, tras el escritorio de su despacho.

—Después de todo, no sé cómo puedes ser tan fría, Cindy.

—No es frialdad. Fue un error que cometió mi padre, nada más. Mark se ha encariñado de Alessandro, pero yo solo lo he visto una vez. No sé quién es y no lo considero mi hermano. Esperaremos a ver qué dicen las pruebas de ADN y punto. Y ya está. Mi hermano vendrá corriendo a suplicarte que estés con él y a pedirte perdón y todos felices. ¿Para qué vas a angustiarte?

—No sabes lo mal que me hizo sentir, Cindy. No se lo voy a perdonar jamás.

—¡Y dale! ¡Otra vez! Estas cosas pasan, se perdonan y ya está.

—Es muy fácil para ti. Pero no sabes cómo me miró...

—Sí, me lo imagino. A mí me miraba igual cuando destrozaba sus coches teledirigidos. Y ahora, a la faena...

—¡No puedo centrarme, Cindy!

—Muy bien. —Cindy está harta. Harta de que me lleve a su despacho mis problemas personales. No soy así, siempre he diferenciado muy bien los asuntos profesionales de los personales y ahora... ahora no sé qué es lo que me pasa. Estoy incluso peor que cuando me separé de Jack—. Vete a casa. Ya me encargo yo.

—¿Seguro?

—Es lo que necesitas. Irte a casa, desconectar, pensar, relajarte... tómate un vinito, ten sexo con un desconocido, qué sé yo... haz lo que hace la gente normal. Y cuando estés bien, vienes y dejamos de hablar del idiota de mi hermano y nos centramos de una puñetera vez en la portada y maquetación de la novela. Aunque a este paso, cuando vuelvas, ya estará publicada en tapa dura y edición de bolsillo — finaliza, resoplando.

Salgo del despacho de Cindy y me dispongo a dar un paseo por las calles de Nueva York. Qué distintas a las de Montepulciano o a los senderos de tierra que conducían a otras casas encantadoras de aquel rincón de la Toscana que no logro olvidar. Las estrellas aquí no brillan igual. La presencia de Isabella sigue estando en cada rincón de mi recuerdo, así como la mirada fría y desgarradora que me dedicó Mark cuando le confesé el "secreto", y me echó cruelmente de su casa. Amy lloró todo lo que yo evité llorar, hasta que llegué a Nueva York y me encerré en mi dormitorio. Jack, que aún estaba mareado e indispuesto por los efectos del alcohol, voló hasta Nueva York casi sin darse cuenta, en clase turista y muy lejos de donde Amy y yo nos sentábamos. Aunque volvimos a vernos en el aeropuerto, él tomó otro rumbo. No he vuelto a saber nada de él. Sé que ha hablado con Amy, pero ella no ha querido decirme de qué.

He leído mil veces la novela que he escrito este verano y también he pensado en Ángelo. Él está en cada página, en casi cada palabra. En la descripción del personaje protagonista. ¡Qué ironía! Quiero imaginarlo sentado en cualquier terraza de un bar encantador de Montepulciano, tirándole los trastos a la primera turista inocente y atractiva que pase por delante. Pero también quiero pensar que sintió algo bonito por mí. No por nada, no porque lo recuerde de una manera romántica ni nada por el estilo; sino porque necesito creer que alguien piensa que soy una mujer que merece la pena. Muchos me dirían: «Lo importante es que seas tú quién piense que mereces la pena», y yo respondería que sí, que es cierto. La primera persona que tiene que quererme soy yo misma. Pero me miro en el espejo y solo veo reflejada a una mujer rota en pedacitos por lo que pudo haber sido y no fue. Por lo que parecía un *amor de verano*, de esos que llegan al final de las vacaciones haciéndose de rogar, pero que podría haber durado el resto de mi vida.

Cuánto daño hacen las mentiras. Son como puñales que, a menudo, se clavan en la persona que menos culpa tiene.

Entro en casa, dispuesta a tumbarme en la cama y a no salir hasta el día siguiente. Pero entonces, veo a Amy y a Alessandro sentados en el sofá profiriéndose todo tipo de arrumacos mientras ven la televisión. En cuanto se dan cuenta de mi presencia, la apagan.

—¿Qué pasa? ¿Estáis viendo porno o algo? —pregunto, con un poquito de humor.

Me acerco a ellos; Alessandro se levanta y me da un abrazo. Hacía dos semanas que no lo veía, desde que Amy y yo abandonamos la casa estival de Mark.

—¿Cómo estás? —me pregunta.

—Podría estar mejor... No, en serio, ¿qué mirabais? —vuelvo a preguntar, mirando hacia la televisión.

Siento curiosidad, así que enciendo la tele y encuentro a un Mark con un desparpajo increíble, a punto de darle un morreo a una cincuentona con las manos repletas de harina. «Se lo va a dar... se lo va a dar... ¡Le da un morreo!» Alessandro y Amy me miran de reojo temiendo mi reacción.

El Mark que veo en televisión es igual al Mark que conocí aquella noche en nuestra no-cita en su restaurante. No es el Mark sincero, sentimental, sensible, romántico, generoso y hasta un pelín ñoño, con el que estuve. Vuelve a ser el idiota que creí que era, cuando Amy y yo nos presentamos de improvisto en su casa de Montepulciano. Cómo me he dejado engañar.

—Forma parte del juego, mamá —intenta justificar Amy.

—Claro. No pasa nada —sonrío, tratando de no darle importancia—. ¿Sigue furioso conmigo? —le pregunto a Alessandro.

—Está avergonzado por cómo se comportó, Alice. Quiere hablar contigo, quiere verte...

—Pues no me ha llamado.

—No se atreve y, cómo ves, tiene poco tiempo... —lo defiende Alessandro.

—¿Y con esto quiere volver a ganarse la buena fama con chef? —pregunto.

—Le pagan un pastón.

—Ya. Él que decía que el dinero no lo es todo... qué rápido cambian los principios de las personas.

—¡Mamá!

—Mark es muy buena gente, Alice —insiste Alessandro.

Lo sé. Pero lo veo a través de la pantalla de la televisión, manoseando a mujeres que están encantadas de tenerlo al lado, y me entran ganas de ir hasta el plató y estamparle en la cara la maldita tarta de manzana que están preparando.

# MARK

Cuando me han dicho por el pinganillo que tengo que darle un beso en los morros a la mujer que tengo delante y que cocina junto a mí una tarta de manzana, casi me da un soponcio. Sé dónde me he metido. En un show televisivo que ven amas de casa y en el que cuenta el espectáculo más que la buena cocina. Hace una semana que estamos grabando, la cadena está muy contenta con los resultados y cada vez son más los espectadores que se suman cada tarde a *Amor en la cocina para solteras*. Es en riguroso directo, con lo cual cualquier error queda bien. Tal y como decimos: «Natural como la vida misma.» La crítica literaria de John Logan ha quedado en el olvido y mis restaurantes van viento en popa desde que salgo en televisión. Los vigilo de cerca, han innovado nuevos platos y a la gente le entusiasma ir a los locales "de moda" de Mark Hope, *el chef televisivo con más cara dura del panorama nacional*, según los medios. Pero lo cierto es que, cuando llego a casa, solo veo a un hombre agotado, de cuarenta y tantos años, que hace unas semanas pensaba que había cambiado. Que había mejorado.

Alessandro insiste en que debo separar lo profesional de lo personal. Que al llegar a casa, con él y con la gente que me importa, debo ser la persona que él conoció hace unas semanas en Montepulciano. Día a día, me sigue sorprendiendo su sensatez y fortaleza; lo bien que está llevando la ausencia de su madre. Amy lo está ayudando mucho a adaptarse a su nueva vida en Nueva York; parecen muy enamorados. En estos días hemos hablado poco de la posibilidad de que seamos hermanos; del pasado oscuro de su madre y del secreto que le ocultó a lo largo de sus diecisiete años. Espero con ganas el resultado de nuestras pruebas de ADN; en principio debería saberlo hoy y, en el fondo, temo la llamada de mi médico de confianza diciéndome que no somos hermanos. Porque me gustaría que sí lo fuéramos, que Isabella tuviera un motivo real y coherente, como para confiarme a su hijo.

Amy ha venido a casa en diversas ocasiones. Le he pedido mil veces perdón y mil veces me ha dicho que no hace falta que me disculpe.

—A mí no, Mark. A mi madre. A ella le dolió tu comportamiento —dice tristemente.

Y no dejo de pensar en Alice. Cuántas veces he estado a punto de llamarla... cuántas. Y ninguna he sido capaz. No por falta de ganas o de tiempo, sino por temor de que me cuelgue, me hable mal o, directamente, me mande a la mierda. Sé por Cindy que no está bien. Que piensa más en mí que en su propia novela, que está distraída y la ve mucho peor que cuando se divorció de Jack.

—Y te aseguro que verla peor de lo que estaba cuando se separó de Jack, me resultaba imposible — me contó Cindy.

Mientras beso en los morros a esta desconocida, pienso en los besos de Alice. Quiero imaginarla a ella, sentir que la estoy besando de nuevo. Debería hacerlo. Al salir de aquí, debería ir a su apartamento y decirle que no tiene ni idea de cuánto la echo de menos.

—Mark, ¿estás aquí? —me dicen a través del pinganillo—. Despedida, abraza a la señora y cortamos.

—Y ya va siendo hora de poner el broche final al programa de hoy —empiezo a decir, con mi voz más televisiva y dinámica—. ¡Gracias por una tarde más junto a nosotros y ¡mucha tarta de manzana y mucho amor!

La cincuentona se me abalanza y me da otro beso en los morros. Yo, sin saber qué hacer, obedezco órdenes de la voz del pinganillo que me dice:

—Síguele la corriente, Mark... por lo que más quieras, síguele la corriente...

Pero cuando los focos se apagan y oigo el deseadísimo ¡¡COOOOOORTEN!!, me aparto bruscamente de la mujer y me voy corriendo hasta mi camerino. Al mirar mi teléfono móvil, tengo varias llamadas del doctor Fisher y le devuelvo la llamada con la impaciencia y curiosidad de querer saber, de inmediato, qué han dicho las pruebas de ADN.

—Mark, me alegra oírte.

—Estaba en antena, no he podido coger el teléfono —me disculpo.

—Lo he imaginado. Ya tenemos el resultado de las pruebas.

—¿Y qué dicen?

—Efectivamente, Alessandro y tú sois hermanos.

—Gracias, Fisher.

¿Cómo se lo voy a decir a mi madre? ¿Cómo se lo voy a decir a Cindy? La otra noche, Alessandro me dijo que ojalá fuera su hermano. Que está orgulloso de mí, que soy su modelo a seguir en ciertos aspectos. Suerte para él saber en qué aspectos me puede imitar y en los que no; es mucho más listo que yo.

Lo primero que se me ocurre es llamar a Alessandro. Seguramente estará por ahí con Amy. Aún tiene unos días libres hasta que empiece a estudiar cocina en la carísima y prestigiosa escuela en la que ya está inscrito.

—Alessandro, ya tenemos las pruebas de ADN...
—le digo, cuando descuelga el teléfono.

# ALICE

—¿**Y** qué dicen? —pregunta Alessandro. Sé quién está al otro lado del teléfono. Es Mark y, por lo visto, ya conoce el resultado de las pruebas de ADN.

Al colgar, Alessandro sonríe y me mira fijamente.

—¿Qué te ha dicho? —pregunta Amy con curiosidad.

—Mark y yo somos hermanos.

—Ahora, al menos, ya no pensará que estoy loca —digo cabizbaja, saliendo del salón y encerrándome en mi dormitorio.

Pero al cabo de unos minutos, siento que el techo se me va a caer encima y las paredes de mi dormitorio me oprimen, así que salgo del apartamento ante la atenta mirada de mi hija y Alessandro. En vez de ir a dar un simple paseo por la calle como de costumbre, bajo hasta el garaje y cojo el coche. Conduzco hasta Nueva Jersey con la intención de ir a ver a mi padre y hablar un poco con él. Siempre ha sabido darme buenos consejos y decir la palabra adecuada en cada momento, aunque no sea lo que la gente quiere oír.

Estos días han sido una locura absoluta y aunque le he llamado un par de veces, la promesa que me hice a mí misma de ir a verlo en cuanto llegara a Nueva York, no la cumplí. Así que ya va siendo hora de convertirme en una mujer de palabra.


Aparco el coche frente a la casa de mi padre. Las flores del jardín que mamá cuidaba con tanto mimo, están marchitas. Al menos el limonero sigue vivo. Me fijo en el polvo acumulado en el alféizar de las ventanas que se ve desde el exterior. Me resulta muy triste; mamá pondría el grito en el cielo si viera toda la suciedad acumulada que parece no importarle a papá. Toco un par de veces al timbre, pero no obtengo respuesta, así que pruebo a ver si la puerta está abierta. Al comprobar que sí lo está, entro directamente.

—¿Papá? ¿Papá?

—¡Estoy aquí!

Voy hasta el salón. Ahí está, sentado en su sillón orejero de color verde, viendo un documental sobre ballenas en la televisión.

—Papá, no dejes la puerta abierta. Puede entrar cualquiera.

—Lo sé, lo sé... tu madre tenía la misma manía.

—¿Cómo estás?

—Viejo.

—Y yo... —murmuro. Su mueca lastimera me hace reír.

Me siento a su lado y le cojo cariñosamente de la mano. Su aspecto es bueno; a sus setenta y tres años puede presumir de una mata de cabello blanco abundante y una vista que muchos de treinta querrían. Sus ojos azules siguen siendo vivaces como los de aquel niño que he visto cientos de veces en fotografías en blanco y negro y, aunque tenga frecuentes dolores de espalda, aún es capaz de dar largos paseos. Últimamente se olvida de las cosas, creo que está perdiendo un poco la cabeza y prefiere quedarse en casa viendo la televisión antes que ir a jugar una partida de cartas con sus amigos como hacía cuando mamá vivía. Creo que le da miedo perderse. Quiero convencerme de que está bien, pero tal vez no lo esté. Tal vez ha llegado el momento de tener que contratar a alguien que lo cuide, porque se niega a vivir en otro lugar que no sea en esta casa en la que compartió toda una vida con mamá. Podría decirse que mi padre sí está enamorado del recuerdo, de todo lo vivido. Podría decirse que está tan aferrado a todos y cada uno de los recuerdos que tiene de mamá, que le cuesta seguir hacia delante.

—¿Quieres té, cariño? —pregunta.

—No, no te molestes. Solo quería estar contigo un ratito.

—Qué bien. ¿Qué tal el verano? —pregunta, con la mirada absorta en un par de ballenas que se disponen a hacer el acto sexual.

Me pongo a llorar. Lloro como una niña pequeña desconsolada. La mirada de mi padre, triste y con el ceño fruncido, me hace sentir aún peor. Se acerca un poco a mí mirándome como si hubiera descubierto un tesoro.

Divertido, me hace el truco de la moneda, sacándosela por detrás de la oreja. Empiezo a reír. Nunca perderá esa capacidad que tiene de sorprenderme. Lo abrazo y me dispongo a contarle toda la historia y mi verano en un rincón maravilloso e inolvidable de la Toscana.

—Deberías hablar con Mark, pequeña. Por lo visto a ese chef le importas. Y nadie mejor que él para que te engorde un poquito, que estás muy flaca.

—Sé que tenemos que hablar. Que esto no puede acabar así... claro que lo sé.

—Y son hermanos, ahora lo saben. Sabe que no le mentiste para ensuciar la memoria de Isabella. Pobre mujer, santo cielo... qué historia tan triste.

—Fue muy triste, papá. Mucho. Pero es como si hubiera borrado ese momento de mi memoria. Solo recuerdo lo bueno de este verano, mis momentos con Mark...

—Lo bueno se puede recuperar, estás a tiempo. Habéis aprendido que la vida se nos puede ir en un instante, así que no pierdas el tiempo. No lo perdáis ninguno de los dos. Jack nunca me gustó, bien lo sabes... pero creo que este muchacho sí será de mi agrado. Por lo que comentas, parece un buen tipo.

—El mejor —afirmo con seguridad.

—Pues ya sabes, mi pequeña. Amores como esos, pocos. No lo dejes escapar.

—Pero estoy enfadada, papá. Enfadada porque no confió en mí. Tendrías que haber visto cómo se puso... estaba furioso.

—No seas orgullosa, Alice. El orgullo no te lleva a ninguna parte. Todos podemos perder los papeles en algún momento. A ver, respóndeme a una pregunta: ¿Prefieres que Mark se quede en tu corazón o en tu vida?

—¿Cómo?

—Ya me has oído, jovencita. ¿Quieres que Mark forme parte de tu vida o se quede como un simple recuerdo?

—Quiero que forme parte de mi vida, papá.

—Tú solita has dado con la respuesta, Alice. No pierdas más el tiempo con este viejo bobo y ve a por él.

—No, hoy quiero estar un ratito más contigo, papá.

—Yo encantado. ¿Quieres que pidamos sushi para cenar? Ya es hora de cenar, ¿verdad, Alice? Se me ha antojado sushi —dice divertido.

—Claro, papá.

# CAPÍTULO 15

## MARK

Decepción total al ir por primera vez al apartamento de Alice, y no encontrarla ahí.

—No sé adónde ha ido —ha dicho Amy descolocada—. Ha salido sin decirnos nada hace dos horas.

—¿No tienes ni idea de adónde ha podido ir? —le pregunto.

—Suele ir a dar largos paseos por Central Park. Dice que le inspira. —Amy se encoge de hombros mirando a Alessandro—. ¿Vais a arreglar las cosas, Mark?

—Si tu madre quiere... —Vacilo durante un instante—. Por mi parte sí. Quiero arreglar las cosas, quiero estar con ella, Amy. Pero no sé si podrá perdonarme. Me puse hecho una furia, no confié en ella.

—No te fustigues más, Mark —interviene Alessandro—. Seguro que te perdona.

—Si estuvo con un capullo como mi padre durante tantos años... —resopla Amy.

—No hables así de tu padre, Amy —le digo yo—. Voy a dar un paseo por Central Park, quizá la encuentre.

—¡Qué romántico!—exclama Amy, acercándose a mí y abrazándome—. Y por cierto, como vuelvas a besuquear la boca de otra mujer, aunque sea en la tele y por órdenes del pinganillo, seré yo la próxima en dejarte el ojo amoratado.

—Calla, calla. Aún tienen que maquillarme bien para que el hinchazón que se me ha quedado no se note. Bueno, me voy a Central Park. ¡Deseadme suerte!

—¡Suerte! —dicen los dos jóvenes con las hormonas chifladas al unísono.


Camino rápidamente hasta Central Park adentrándome en el recinto. Ya ha oscurecido y son pocas las personas que pasean por aquí, salvo algún adicto al deporte, románticas parejas de enamorados y viejecitos despistados.

Miro a mi alrededor con atención. Central Park es enorme y cabe la posibilidad de que, aunque Alice esté paseando por aquí, no la llegue a encontrar. Una hora y media más tarde, me rindo y decido volver al apartamento de Alice con la esperanza de que ya haya vuelto.

—Qué va. Esta se ha ido por ahí a beber mojitos —dice Amy.

—Llámala. A mí seguro que no me lo coge.

Amy la llama, pero Alice no contesta. Llamamos a Cindy, pero no sabe nada de ella desde las cuatro y media de la tarde, la hora en la que Alice ha salido de su despacho.

—A ver si voy a tener que empezar a preocuparme —murmura Amy, mirando la pantalla de su teléfono móvil—. Voy a llamar al abuelo, a ver si se le ha ocurrido ir a Nueva Jersey o algo.

Tras unos segundos...

—Nada, tampoco lo coge. Qué raro.

—¿Una pizza? Igual que en Montepulciano —digo yo, intentando aparentar serenidad.

—A ver si se le ha ido la cabeza y está con mi padre —se le ocurre a Amy.

Pero llama a Jack, y él le responde apresuradamente que no sabe nada de Alice y que tampoco querría saber nada de ella ni en cien vidas más.

—¡Será idiota! ¿Cómo pude pensar que volverían a estar juntos? De menuda se ha librado mamá y aquella rubia de bote de veinticinco años. Estar con mi padre es un castigo.

—Amy, no hables así de tu padre... —repito.

—¿Cómo era tu padre, Mark? —pregunta Amy de repente.

—Por lo visto un auténtico desconocido —le respondo, mirando a Alessandro, que a su vez me mira tristemente.

—Cuántas veces quise conocer a mi padre... —interviene Alessandro—. Mi madre siempre decía que tuvo una época loca. Que se había equivocado mil veces, pero que de una de esas equivocaciones, había nacido lo que mejor había hecho en la vida... Yo.

—Alessandro, no te deprimas ahora —le dice Amy, agarrándolo por la cintura y dándole un beso en los labios.

—Chicos, está bien eso de tener confianza y esas cosas, pero mientras seáis menores de edad no os deis besos delante de mí, ¿vale?

—Hablas como un padre, cuñado —ríe Amy—. No, a ver, no puede ser que mi madre esté desaparecida.

—¿Es algo que hace a menudo? ¿Lo ha hecho alguna vez?

—¡En Nueva York nunca! Tiene pánico a la noche de la ciudad, por eso me resulta tan raro.

Amy, inquieta, empieza a dar vueltas por el salón. Me está empezando a poner nervioso, así que decido ir hasta la cocina y esta vez soy yo el que empieza a abrir todos los armarios y cajones ajenos, para descubrir dónde se encuentran los ingredientes que necesito para preparar una pizza que nos recuerde a nuestros días estivales en Montepulciano.

—¿Te ayudo? —se ofrece Alessandro.

—Gracias.

Mi hermano. Es mi hermano.

Quiero pensar que, instantes antes de que mi padre diera su último suspiro, se arrepintió de algo. O de todo. De cómo se había comportado con su mujer y sus hijos. De cómo había vivido. Murió en soledad de un infarto repentino que lo llevó al otro barrio sin esperarlo. Imagino que ese día, como tantos otros, se levantó, tomó su taza de café con leche y unas tostadas untadas en mermelada de melocotón; se fue hacia su imponente despacho y allí, mirando la pantalla del ordenador, se le fue la vida. Sin saber que tenía un tercer hijo en Florencia. Sin sospechar que este chico que ahora tengo a mi lado, es un ser humano excepcional de tan solo diecisiete años. Único y especial, conecté bien con él desde el principio.

Me pregunto si esta conexión es debida a nuestro parentesco o hay algo más, puesto que con Cindy no ha habido nada especial y también son hermanos. Por otro lado, entre Alessandro y yo también existe Isabella. Yo le puedo hablar de una época de su vida que él no conoció y a la inversa. Pero aun así, hay muchas cosas sobre ella que nunca llegaremos a saber. Muchos secretos ocultos, aunque afortunadamente, el más importante y el que nos incumbe, ha salido a la luz. Tengo mucho que agradecerle a Alice, no sé cómo pude tratarla así; no me lo perdonaré en la vida. Lo mal que lo tuvo que pasar al tener que ocultar algo así... por eso no podía mirarme a los ojos, por eso se encerró durante una semana en su dormitorio.

Isabella lo hizo muy bien con Alessandro y, a pesar del trágico motivo por el que está aquí, me alegra tenerlo conmigo.

—¿Mamá? Mamá, este es el último mensaje que te dejo. Haz el favor de venir a casa o de dar señales de vida. En serio, estoy muy preocupada.

Miro a Amy colgar el teléfono con furia. Alessandro y yo nos miramos y no podemos evitar soltar una carcajada.

—¿Quién parece la madre aquí? —pregunta Alessandro.

—Estoy orgulloso de Amy. Cómo ha madurado.

—¡Eh! No os riais, que esto es serio. A ver si la han raptado o algo —elucubra Amy angustiada.

—A lo mejor está con alguna amiga en un pub o algo y no oye las llamadas.

Intento encontrar alguna explicación lógica.

—Cómo se nota que no conoces a mi madre. Doña perfecta no entra en pubs y apenas tiene amigas —replica Amy.

—¿No tiene amigas?

—Mi padre era un poco controlador, no sé si te lo contó. —Niego con la cabeza—. Mi madre solo salía para trabajar, viajaba mucho por el rollo de presentaciones y promociones y la mayor parte del tiempo se encerraba en casa y escribía, a la vez que cuidaba de mí.

—No me contó que tu padre era tan controlador —le digo—. Sí lo de la rubia... lo de su indiferencia ante su dolor cuando se separaron. Pero no de lo mal que lo tuvo que pasar en su matrimonio.

—Pues ya ves. Y yo soy una idiota por haber destrozado los últimos días que le quedaban de vacaciones en tu casa. Mierda.

Amy vuelve a tumbarse en el sofá, mientras Alessandro y yo nos quedamos en la cocina con las manos en la masa (nunca mejor dicho).

—¡Amy! —la llamo—. ¿No quieres preparar tortitas de postre?

—¡No me apetece! —grita, encendiendo la tele.

—Uy... sí que está mal, sí —murmura Alessandro.

# ALICE

—¿**S**abes, papá? Hoy me voy a quedar a dormir aquí —le digo, saboreando un trocito de Sashimi.

—¿Y Amy? ¿No estará preocupada?

—Qué va. Está con su novio, Alessandro.

—¿Quién es Alessandro?

—Papá, ya te lo he dicho. El hermano de Mark, el chico que...

—Oh, ya, ya. El chico que se ha quedado huérfano. Cielo santo, qué pena, qué pena... una tragedia, pobre mujer.

Miro a papá fijamente. Adora el sushi, así que decide que es buena idea meterse en la boca un Uramaki y un Maki a la vez, pero se atraganta y al servirse un vaso de agua, se le cae la jarra encima de la mesa y lo deja todo hecho un desastre.

—Tranquilo, papá. Ya lo limpio yo.

Voy a buscarle un vaso de agua y me encargo de recoger el mantel empapado y fregar el suelo de mármol de la cocina. Papá sigue comiendo, esta vez un Nigiri, con mucho cuidado.

Lo sigo mirando, observando más bien. Y si antes lo suponía, ahora estoy convencida que papá necesita ayuda urgente.

—Papá, ¿seguro que no quieres venir a vivir con Amy y conmigo? Estarías en muy buena compañía, nunca estarías solo.

—Ni hablar. Llevo cuarenta y cinco años viviendo en esta casa y aquí moriré.

—Pero un cambio puede venirte bien... solo por unos días.

—He dicho que no. Soy un estorbo.

—Papá, no eres un estorbo. Te queremos muchísimo.

—Ya. ¿Y por eso vienes a visitarme cada tres meses? —pregunta indignado.

—Sé que puede sonar a excusa, papá. Pero no he estado bien. Desde lo de la separación, yo...

—¡Me importa una mierda tu separación! ¡Vete a la cama, jovencita! Mientras vivas bajo mi techo harás lo que yo diga.

Mis ojos vuelven a ser un mar de lágrimas al ver a papá alzar la voz enfurecido. De repente, empieza a gimotear y se acerca a mí pidiéndome perdón.

—Vale, papá. Me voy a dormir.

Aún con los gritos de mi padre en la cabeza, como martillos que me taladran y que sé que serán los responsables de que esta noche me cueste conciliar el sueño, subo hasta mi dormitorio. Está tal y como lo dejé cuando me fui de casa para ir a vivir al campus de la Universidad y seguidamente con Jack para formar una familia. El papel de las paredes, que en otra época presumía de ser de un color rosa llamativo, ahora luce descolorido; las florecitas y mariposas apenas se ven. Mi escritorio de madera, en el que me inicié en lo que luego acabaría siendo mi profesión, está lleno de polvo como el resto del mobiliario. El armario, las sillas, la mesita de noche... todo, absolutamente todo está sucio, y la madera blanca ahora es beige. Al sentarme en la cama, mucho más pequeña de lo que estoy acostumbrada, el somier, blandito en exceso, se hunde. Qué noche tan divertida, qué bien voy a dormir... Al abrir el armario, encuentro un par de pijamas que posiblemente y a pesar de ser de mi "yo anterior adolescente", aún me quepan, pero la posibilidad de ponérmelos es cero, al comprobar que huelen a humedad. Así que me tumbo en la cama sin cambiarme de ropa. Pienso en Mark, en Isabella, Alessandro, Amy... en mi padre y en lo pendiente que tengo que estar de él; en lo mal que lo he hecho al pensar que estaba mejor de lo que ahora resulta que está. Y también pienso en Ángelo. Es curioso cómo la mente tiene el poder de jugar con nosotros. Ángelo no significa especialmente nada para mí y sin embargo, ahí está, en algún recoveco de mi memoria, que quiere seguir jugando a estar con él aunque no signifique algo más. Aunque mi corazón lata con fuerza realmente cuando piensa en Mark y no en él.

Recuerdo a Thomas, aquel amor de verano. Y recuerdo a Jack, lo enamorada que estuve de lo que resultó ser un marido repleto de defectos inquietantes y dolorosos, que me tenía controlada noche y día. Y ahora aquí estoy. Con la cabeza sobre la almohada en la que tantas veces he llorado, he reído, he soñado, me he emocionado... teniendo inquietudes de adolescente y el orgullo típico de quien no ha aprendido a vivir. Como si todo lo malo que me ha sucedido a lo largo de estos días no me hubiera dado una lección valiosa: la de vivir cada segundo como si fuera el último. La de tener el súper poder de perdonar. La de olvidar y ser más fuerte. La de saber decir, con una mirada, lo que no sale de la voz.

Mañana será otro día. Lo veré todo de otro color. Eso fue lo que le dijo Amy a Alessandro, una noche en la que el chico, como es normal, estaba muy afectado por la muerte de su madre y no podía dejar de llorar. Yo estaba escondida, no me vieron. Pero me alegró contemplar, en silencio y desde la distancia, una escena en la que vi que le había dado la vida a una joven maravillosa y quizá, más llena de sabiduría que su propia madre.

# MARK

He pasado la noche en el apartamento de Alice. Amy me ha ofrecido muy servicialmente la habitación de invitados, pero al despertar y comprobar que Alice no había llegado, sí nos hemos empezado a preocupar.

—Me tengo que ir —digo, mirando el reloj—. A las nueve tengo que estar en plató para grabar un programa especial.

—En cuanto sepa algo te aviso, Mark. Gracias por preocuparte —comenta Amy, mirando el teléfono móvil—. Esta mujer... ¿Dónde estará?

—Sí, en cuanto sepas algo me avisas, por favor. Dile que necesito verla, que necesito hablar con ella.

—Se lo diré... Estáis de un tonto los dos... —suspira Amy riendo.


Al llegar a plató, me espera la agradable sorpresa de ver a Alice discutiendo con el guardia de seguridad. Bajo del taxi y me quedo ahí, quieto, riéndome y esperando a ver qué pasa.

—Oiga, le digo que Mark es amigo mío, que le conozco. De verdad. Déjeme pasar, maldita sea —está diciendo Alice, con el cabello recogido en un moño mal hecho, empujando al guardia de seguridad.

—No es más que otra fan loca menopáusica, haga el favor de salir de aquí o me tendré que ver en la obligación de llamar a la policía.

—¡¿Menopaúsica?! ¿Pero no me conoce? ¡Soy Alice Morgan! ¡La escritora!

—Y yo Peter Parker, *Spiderman* —responde el guardia de seguridad riendo.

No puedo esperar más. Necesito mirarla a los ojos, pedirle perdón, besarla y abrazarla; decirle que quiero estar con ella. Ahora y siempre.

—Peter Parker, no confieses que eres *Spiderman*, puedes tener problemas —intervengo riendo.

Una mirada. Una mirada es suficiente para decirnos, sin necesidad de palabras, todo lo que nos hemos echado de menos a lo largo de estas tres semanas distanciados y "enfadados".

—¿La conoce, señor Hope?

—¿Y quién no? Es Alice Morgan, la mejor escritora de novelas románticas de América. Cómo se nota que lees poco, Parker...

—Cuánto lo siento. Discúlpeme entonces, señora.

Alice, altiva, ignora a Parker y, sin saber si abrazarme, besarme o golpearme, me coge del brazo y nos alejamos unos metros para encontrar un poco de intimidad.

## ALICE

**A**penas he dormido. Me he levantado a las seis de la mañana y se me ha ocurrido mirar mi teléfono móvil, después de asegurarme que papá estaba durmiendo en su dormitorio y no en las escaleras o en cualquier otro lugar insospechado. He visto cientos de llamadas perdidas de Amy y mensajes en el contestador. En uno de ellos, además de estar enfadada conmigo por no haber dado señales de vida, me decía que Mark estaba en casa, que quería verme y hablar conmigo; que dejemos de hacer el idiota de una vez. Ha hablado de lo arrepentido que estaba Mark y que dejase mi orgullo a un lado y perdonara las malas maneras con las que me echó de su casa en Montepulciano. Apenas he pensado. De inmediato, he sabido lo que debía hacer.

He preparado café, le he dejado una nota a mi padre diciéndole que volvía a Nueva York pero que volvería muy pronto, y a las siete de la mañana he conducido directamente hasta los platós donde sé que Mark graba el programa. He llegado a las ocho y media, y he estado discutiendo durante más de media hora con un guardia de seguridad que pensaba que era una fan menopáusica de Mark Hope.

Finalmente, él ha llegado. Con esos aires de tipo duro y egocéntrico de siempre; con esa sonrisa que hace que se detenga el mundo por un momento y esa mirada repleta de confianza en sí mismo.

Una vez aclarado el asunto con el guardia de seguridad del estudio, Mark y yo nos alejamos de él, con la intención de encontrar un poco de intimidad. No sé qué hacer. Si abrazarlo, besarlo o limitarme a no decir nada y esperar a que sea él quien dé el primer paso. Afortunadamente, lo da.

Frunce el ceño, sonríe y, sin decir una palabra, me besa. Cuántas noches soñando con un momento así. Cuántas noches deseando volver a besar sus labios porque apenas duraron un suspiro cuando estábamos en Montepulciano.

—Perdóname —dice—. Me comporté como un idiota. Te dije cosas horribles cuando tú solamente querías ayudar. Isabella te dejó con una gran responsabilidad y supiste cumplirla bien. Lo siento muchísimo.

—Ya está, Mark. Ya ha pasado.

—Amy está muy preocupada.

—Ahora iré a casa. Tú tienes que trabajar.

—No me apetece.

—¿Cómo?

—Que no quiero trabajar. Que no quiero tener que obedecer órdenes de un maldito pinganillo haciendo el ridículo delante de toda América y besando a mujeres desesperadas por el hecho de hacer del programa un show con audiencia. Se acabó. Me río. No puedo hacer otra cosa que reírme y quererle. Minutos más tarde, Mark y yo salimos de los estudios a los que ha prometido no volver más, y nos dirigimos al restaurante donde empezó todo. No es una buena hora para tomar unos vinitos, así que nos conformamos con un café.

—Bueno, esto no es Montepulciano, pero... —se lamenta Mark.

—El lugar no importa mientras sea contigo.

# CAPÍTULO 16

*Tres meses más tarde*

## ALICE

Hace un tiempo leí una frase que decía: «A veces tenemos que aceptar que hay personas que se quedan en nuestro corazón, aunque no se queden en nuestra vida.» ¿Por qué conformarnos? ¿Por qué no arriesgar? ¿Por qué vivir con miedos o pensando en el qué dirán? Es una frase acertada para la historia entre Mark e Isabella. Ella siempre estará presente en su corazón y en su recuerdo, sobre todo teniendo en cuenta lo mucho que significa Alessandro para Mark. Sin embargo, ahora soy yo la que está con él, viviendo un amor de verano eterno que no quiero que termine jamás.

—Alice, venga. Tus fans te esperan —me dice Cindy.

Le sonrío y voy detrás de ella hasta situarme tras un escritorio en el que están colocados, de forma estratégica, unos cuantos ejemplares de mi nueva novela: *En un rincón de la Toscana*. Finalmente, pude convencer a Cindy que quedaba mucho mejor que *Un amor en la Toscana*. Me encanta mirar la portada, más bonita de lo que podía haber imaginado. Un cielo azul y despejado; una preciosa casa de piedra y un campo verde repleto de viñedos que me recuerdan a los días más maravillosos y a la vez más dolorosos de mi vida.

—Gracias por haber venido —empiezo a decir, mirando fijamente a los ojos de Mark, que me observan orgullosos desde el final de la sala junto a Alessandro y Amy—. Hoy vamos a hablar de una historia muy especial que sucedió en un rincón de la Toscana...

Y aunque la historia especial de la que vamos a hablar, no tiene nada que ver con Mark y conmigo, sino con alguien que «pasó por ahí» y supo abrirme los ojos, en cierto modo sí me pertenece. Porque, finalmente, todas y cada una de nuestras experiencias se convierten en un cúmulo de recuerdos que serán, al final de nuestras vidas, las que cuenten de verdad.

Una vez finalizada la presentación, cuando la sala ya está casi vacía, cojo un ejemplar de mi libro y escribo una dulce dedicatoria en la primera página.

—¿Nos vamos? —pregunta Mark, acercándose a mí.

—¡Una presentación fantástica, Alice! —exclama Cindy entusiasmada, mientras yo sigo concentrada en la dedicatoria.

—Ha estado *guai* —dice Amy, sin soltar la mano de Alessandro.

—Solo un segundo...

Escribo de memoria la dirección postal a la que irá este ejemplar, y lo introduzco en un paquetito que dentro de unos minutos estará en correos y viajará hasta un maravilloso e inolvidable rincón de la Toscana.

—Ya está, nos vamos —digo sonriendo.

—¿Qué tal unas pizzas? —propone Alessandro.

—¡Me apunto! —dice feliz Cindy, que a lo largo de estos tres meses también le ha cogido mucho cariño a su nuevo hermano—. Hace mil años que no como pizza.

—Nosotros también. Nunca comemos pizza —añade Amy riendo.

Mark me agarra de la cintura y me da un beso en los labios.

—Estoy muy orgulloso de ti —me confiesa.

—Te quiero —le confieso, por tercera vez en estos tres preciosos e intensos meses de relación.

Una nueva vida. Cada día es de un nuevo color. A veces los momentos amargos son los que nos hacen apreciar los buenos, los que cuentan de verdad. Los que al final de nuestras vidas, miraremos de reojo y diremos: «¡Ey! Pues tampoco ha estado tan mal.» Hacer que cada día cuente. Que esta locura a la que llamamos vida merezca siempre la pena.

Una vez leí que los científicos dicen que estamos hechos de átomos, pero de lo que realmente estamos hechos es de historias. Historias de vida, las que contamos y las que guardamos para nosotros mismos; las que disfrutamos, sufrimos, sentimos, gritamos, cambiamos y elegimos. Y cada una se lleva una parte de ti cuando menos te lo esperas. Al fin y al cabo, ¿quién me iba a decir a mí que lo que sucedió en la Toscana cambiaría mi vida y mis historias para siempre?

"Conoces a cientos de personas
y ninguna te deja huella.
De repente, conoces a una
y te cambia la vida para siempre".

Made in the USA
Columbia, SC
22 December 2017